PARCOURS Spécial

Français

Un parcours de jeux, **renforcé en françai**
pour réviser et préparer sa rentrée sans o
les notions essentielles des autres matiè

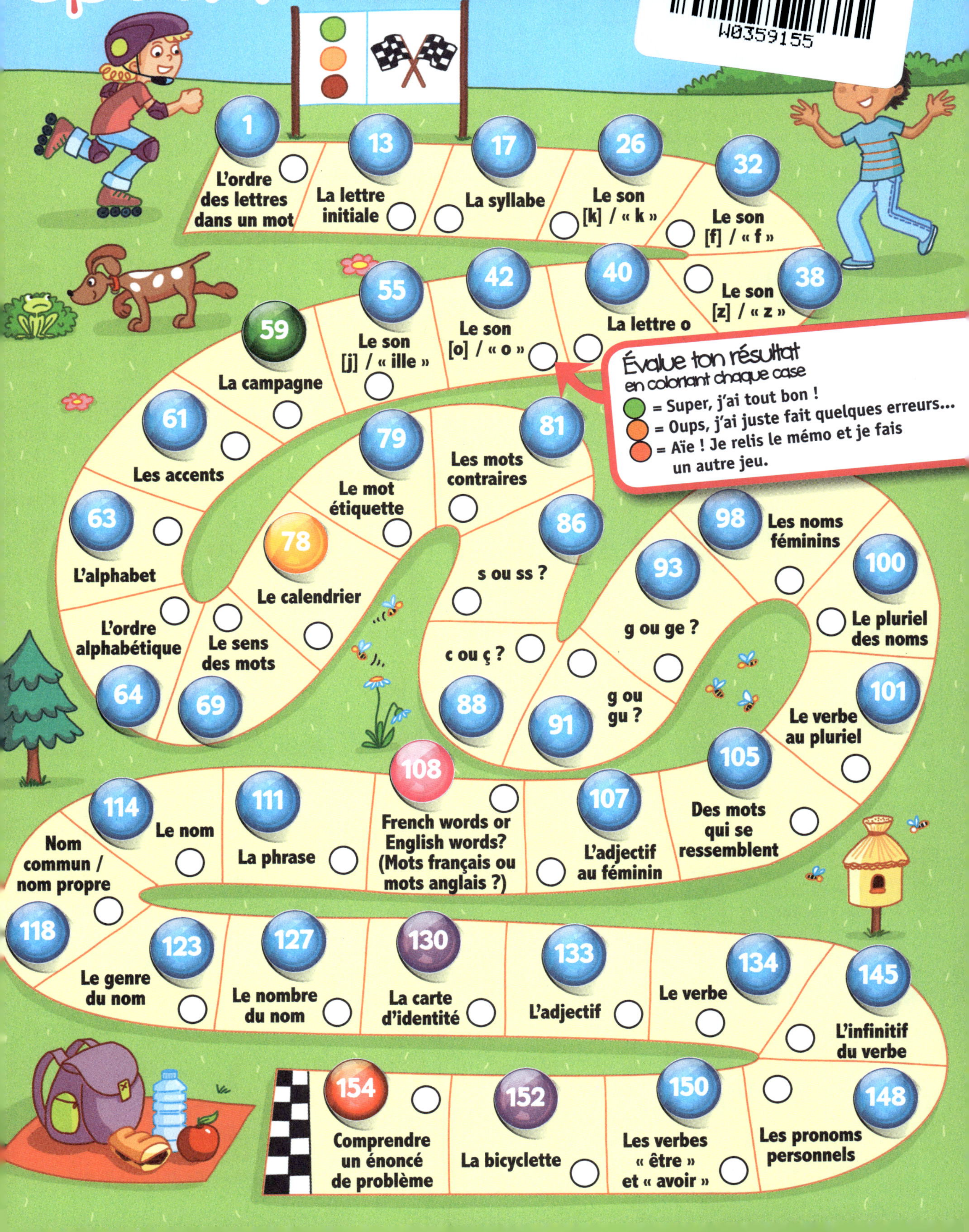

PARCOURS Spécial **Maths**

Un parcours de jeux, **renforcé en maths,** pour réviser et préparer sa rentrée sans oublier les notions essentielles des autres matières.

Évalue ton résultat
en coloriant chaque case

- (vert) = Super, j'ai tout bon !
- (orange) = Oups, j'ai juste fait quelques erreurs...
- (rouge) = Aïe ! Je relis le mémo et je fais un autre jeu.

CP
vers le CE1

Mes jeux de vacances

JULIA GEORGES

Illustrations
KAREN LABORIE
MARIE-HÉLÈNE TRAN-DUC

Hatier

Mes jeux de vacances

Ce cahier propose plus de 170 jeux pour réviser en s'amusant tout le programme de CP. Pendant ses vacances, votre enfant va travailler à son rythme et dans la bonne humeur pour préparer sa rentrée en CE1.

Sur chaque page du cahier et dans toutes les matières, des jeux attractifs permettent de réviser une notion de façon **ludique**. Un **mémo** rappelle l'essentiel de ce qu'il faut savoir. Cinq grands jeux, autour des thématiques préférées des enfants, offrent une pause **100% vacances** !

Ce cahier suit une progression pédagogique qu'il est préférable de respecter, mais votre enfant peut aussi choisir de faire les jeux dans l'ordre qu'il veut.

En fonction du rythme de vos vacances et de ses priorités de révision, votre enfant peut, s'il le souhaite, suivre un des **parcours de révision** proposés au début du cahier : parcours pressé en 3 semaines, parcours express en 2 semaines, parcours spécial Français ou parcours spécial Maths.

Toutes les **solutions** sont regroupées à la fin du cahier.

Ces jeux doivent être avant tout un moment de plaisir et de complicité.

À vous de jouer dans toutes les matières !

Français – Maths – Le temps – L'espace – Sciences – Anglais

Édition : **Tréma / Emmanuelle Rocca-Poliméni**
Illustrations : **Karen Laborie** (Maths, L'espace, Sciences, Grands jeux), **Marie-Hélène Tran-Duc** (Français, Le temps, Anglais, Grands jeux, Parcours)
Conception graphique : **valerienizard.com**
Mise en pages : **STDI**

Parcours pressé

en 3 semaines

Un parcours de jeux, alternant **toutes les matières,** permettra de réviser les acquis de l'année et de préparer sa rentrée.

- 17 — La syllabe ○
- 12 — Les nombres de 11 à 19 ○
- 61 — Les accents ○
- 15 — La dizaine ○
- 81 — Les mots contraires ○
- 11 — La chronologie ○
- 86 — s ou ss ? ○
- 25 — Les nombres de 20 à 49 ○
- 88 — c ou ç ? ○
- 114 — Le nom ○
- 76 — L'addition avec retenue ○
- 49 — Les moyens de transports ○
- 123 — Le genre du nom ○
- 66 — L'addition à trous ○
- 127 — Le nombre du nom ○
- 84 — Les longueurs ○
- 44 — Les doubles ○
- 133 — L'adjectif ○
- 52 — How many are there? (Combien y en a-t-il ?) ○
- 73 — La soustraction sans retenue ○
- 112 — La phrase ○
- 113 — L'heure ○
- 129 — Les dangers du quotidien ○
- 120 — Les formes géométriques ○
- 134 — Le verbe ○
- 125 — Reproduire sur un quadrillage ○
- 144 — Les étapes de la vie ○
- 150 — Les verbes « être » et « avoir » ○
- 155 — Répondre aux questions d'un problème ○
- 152 — La bicyclette ○

Évalue ton résultat
en coloriant chaque case

- (vert) = Super, j'ai tout bon !
- (orange) = Oups, j'ai juste fait quelques erreurs...
- (rouge) = Aïe ! Je relis le mémo et je fais un autre jeu.

PARCOURS Express en 2 semaines

Un parcours de jeux, alternant **toutes les matières**, permettra de réviser les notions essentielles de l'année et de préparer sa rentrée.

PARCOURS libre

Un parcours de jeux **à personnaliser** avec les notions que **votre enfant** doit réviser **en priorité**.

L'ordre des lettres dans un mot

mémo

Un mot se compose de lettres placées dans **un ordre que l'on ne peut pas changer.**

V A C A N C E S
1/2/3/4/5/6/7/8

1 Attention au départ !

→ **Remets les lettres de chaque panneau en ordre puis écris les mots trouvés dans la grille pour savoir comment partent les enfants.**

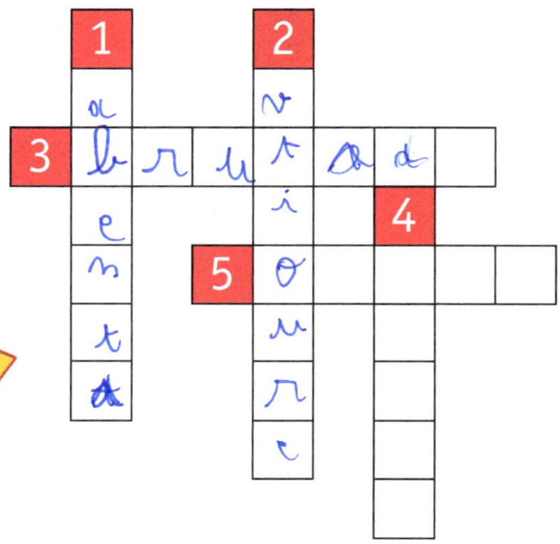

2 Lettre mystère

→ **Lis attentivement les indices pour trouver la lettre mystère.**

Je suis la troisième lettre dans deux mots de la grille et la première dans un autre mot.
Je suis la lettre ....

Hello! Hi! (Bonjour ! Salut !)

mémo

3 Présentation

→ **Suis les fils et écris ce que disent les personnages.**

4 My name is...

→ **Écris le prénom de chaque enfant en remplaçant chaque lettre par celle qui la suit dans l'alphabet.**

Les nombres de 0 à 9

mémo

Pour écrire les nombres de 0 à 9, on utilise 10 chiffres : 0, 1, 2, 3, 4, 5, 6, 7, 8, 9.

0	1	2	3	4	5	6	7	8	9

5 Jusqu'au ciel !

→ **Écris dans l'ordre les nombres qui manquent dans la marelle.**

→

6 Bien visé !

→ **Relie le plot de chaque joueur au bon nombre d'anneaux.**

Manon	7
Gabin	3
Corentin	6
Anaïs	2

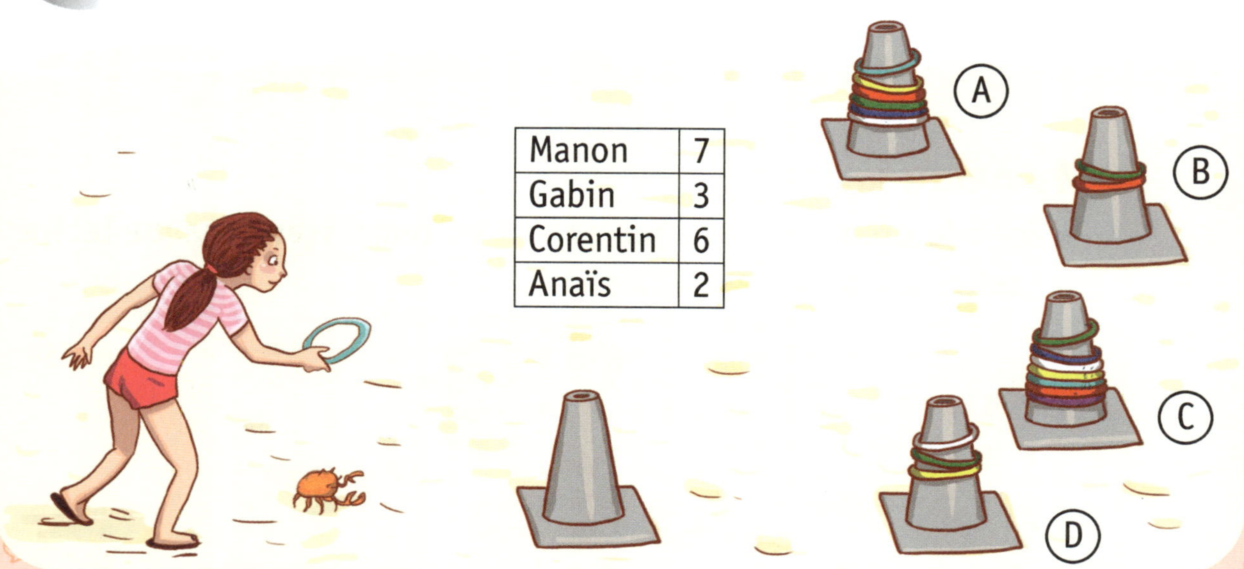

Les cinq sens

mémo

Nous possédons cinq sens :

- l'**ouïe** pour entendre,
- le **toucher** pour repérer les objets doux, piquants,
- le **goût** pour savoir si les aliments sont salés, sucrés, acides ou amers,
- l'**odorat** pour sentir les parfums,
- la **vue** pour voir le monde qui nous entoure.

7 Tous les sens en éveil

→ **Écris le numéro de chaque bulle en face du nom du sens qui a permis à chaque enfant de réagir.**

La vue .... Le toucher .... L'ouïe ....

L'odorat .... Le goût ....

8 Au menu

→ **Barre l'intrus dans chaque liste.**

- glace, pêche, melon, jambon, sucette
- frites, poulet, nougat, pain, fromage

Le nombre 10

mémo

10 s'écrit avec **deux chiffres.** On peut l'écrire en **chiffres (10)** et en **lettres (dix)**.

9 Parties de dominos

→ **Repasse sur les chemins pour relier les paires de dominos qui font 10.**

10 Sudoku

→ **Complète le sudoku avec 7, 8, 9 et 10.** *Un même nombre doit apparaître une seule fois par ligne, colonne ou carré.*

7	8	9	10
9		8	
8	7		
10	9		

La chronologie

mémo

Il y a **très longtemps**, les hommes vivaient dans des grottes : ils ont inventé le feu, travaillé le bois, les métaux. **Aujourd'hui**, nous vivons dans des immeubles ou des maisons, nous nous éclairons à l'électricité, nous roulons en voiture et prenons le train et l'avion.

La Préhistoire	L'Antiquité	Le Moyen Âge	La royauté La Révolution L'Empire	La République aujourd'hui

11 La promenade du roi

→ **Barre les 6 intrus qui se sont glissés dans le spectacle, auquel ont assisté Pauline, Léna, Enzo et Maxime.**

Les nombres de 11 à 19

mémo

Les nombres de **11 à 19** s'écrivent avec **2 chiffres.**

onze (11) – douze (12) – treize (13) – quatorze (14) – quinze (15) – seize (16) – dix-sept (17) – dix-huit (18) – dix-neuf (19)

11	12	13	14	15	16	17	18	19

12 Cache-cache

→ **Trace le chemin pour retrouver Quentin en suivant les repères de 11 à 19. Puis, colorie de la même couleur toutes les écritures du même nombre.**

La lettre initiale

mémo

La **première lettre** d'un mot s'appelle la **lettre initiale**. Elle peut être :
- une consonne : *téléphone*
- une voyelle *(a, e, i, o, u, y)* : *appeler.*

13 Un SMS codé…

→ **Écris la lettre initiale de chaque chose représentée puis complète le message envoyé par Amélie.**

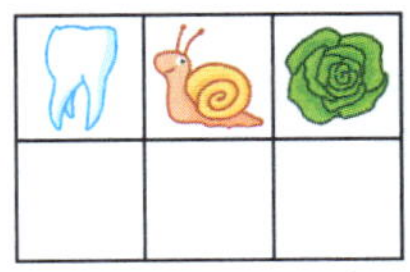

Amélie a écrit :

....

14 Bien reçu !

→ **Place la lettre initiale des mots au bout de chaque chemin pour savoir à qui Amélie écrit.**

La dizaine

mémo

Un **groupement** de 10 unités s'appelle une **dizaine**.

15 La nuit des étoiles

→ **Entoure les étoiles par 10 et complète la phrase.**

Il y a .... dizaines d'étoiles dans le ciel.

16 1, 2, 3, lâchez !

→ **Entoure l'enfant qui n'a pas une dizaine de ballons à lâcher.**

La syllabe

mémo

Un mot se décompose en **syllabes**.

| i | | ma | | ge | | *3 syllabes*

Une syllabe peut être composée :
- d'une seule lettre : *i*
- de plusieurs lettres : *ma / ge*

17 Bon vent matelots !

→ **Associe les syllabes des bateaux du même type et écris leur nom.**

un .... une .... un ....

18 À vos jumelles !

→ **Assemble les syllabes en t'aidant des dessins pour savoir quel animal nage vers les bateaux.**

une ....

Reconnaître les différents paysages

mémo

Le **paysage** est représenté par **tout ce que l'on voit**. La ville, la campagne, la mer et la montagne sont les différents paysages qui nous entourent.

19 Cartes postales de vacances

→ **Suis le bon chemin pour savoir quelle carte postale les enfants ont envoyée et complète les phrases.**

Tom a envoyé un paysage de ....

Lilas a envoyé un paysage de ....

Lola a envoyé un paysage de ....

Léon a envoyé un paysage de ....

La dizaine et les unités

mémo

Si l'on groupe 12 bonbons par 10, il en reste 2.
On dit qu'il y a **1 dizaine et 2 unités.**
12 = 10 + 2 = 1d2u

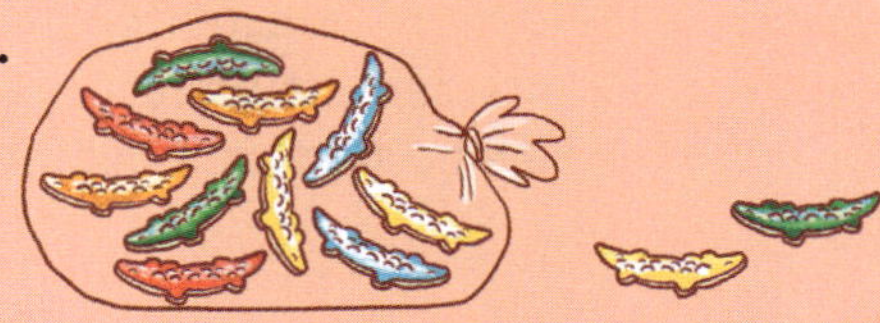

20 Destination surprise

→ **Colorie les différentes écritures des nombres pour découvrir où Clara, Mathis et Olivier passent leurs vacances.**

Les objets d'hier à aujourd'hui

mémo

Depuis l'Antiquité, les **inventions** des hommes ont permis de **changer** leur manière de vivre. On trouve des **objets anciens** dans les musées, les brocantes et même parfois dans les greniers. Les **objets modernes** se trouvent autour de nous.

21 Au vide-grenier

→ **Entoure en rouge les objets anciens et en bleu les objets modernes. Puis relie chaque objet ancien à celui d'aujourd'hui.**

La vie de la plante

mémo

Une plante est un **organisme vivant.** On obtient une plante en plantant une **graine** ou un **bulbe** dans la terre.

Une plante a besoin d'**eau** et de **lumière** pour grandir.

22 Les haricots, comment ça pousse ?

→ **Remets les images dans l'ordre en les numérotant de 1 à 5 et tu auras la réponse à la question.**

....

Le haricot est formé.

....

La plante est en fleurs.

....

La graine de haricot est plantée.

....

La plante pousse.

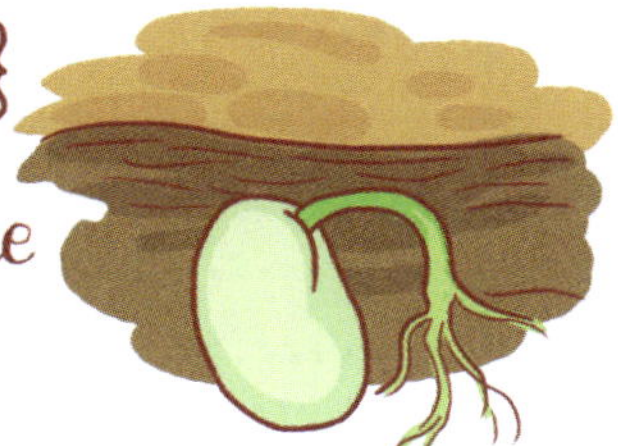

....

La graine germe.

Lire un plan

mémo

Un **plan** est un dessin qui représente un lieu, un bâtiment, « **à plat** ».
Il permet de trouver son chemin.

23 Vue du ciel

→ **Indique par une lettre les lieux sur le plan.**

E= église R= rivière P= parc PE= plan d'eau

24 Quel mélange !

→ **Remets les mots en ordre et redonne à chaque plaque son nom.**

....

....

Les nombres de 20 à 49

mémo

Les nombres de **20 à 49** s'écrivent avec **2 chiffres.**

21 vingt-et-un

23 vingt-trois

Tous les mots du nombre sont séparés par un tiret.

25 Encore plus haut !

→ **Relie les points de 20 à 49 pour découvrir comment voyagent Louise, Natacha et leurs parents.**

Le son [k] / « k »

mémo

Le son [**k**] s'écrit :
- avec la lettre **c** devant a, o, u et toutes les consonnes : *la colonie de vacances*
- avec la lettre **k**, la lettre **q** ou **qu** et **ch** : *la casquette kaki de Christophe avec un coq sur la visière*

26 Un p'tit coucou

→ **Complète le texte de la lettre en t'aidant des dessins et des mots.**

6 juillet.

Chère maman, cher papa,

Ce matin, notre équipe est partie faire du  .... *sur la rivière.*

À midi, au  ....,

je n'étais pas content parce que la monitrice avait oublié le  ....

 .... *et moi, nous avons cueilli des*  ....

La journée a été super !

Kim

canoë

ketchup

Christelle

coquelicots

pique-nique

27 Le compte est bon

→ **Retrouve et compte dans les mots que tu as écrits ci-dessus les différentes écritures du son [k].**

c............... ch............... qu............... k...............

Comparer et ranger les nombres

mémo

- On **compare** les nombres pour trouver celui qui est le **plus grand**, le **plus petit** ou le même.

7 est plus grand que 4	12 est plus petit que 16	49 est égal à 49
$7 > 4$	$12 < 16$	$49 = 49$

- On **range** les nombres du **plus petit au plus grand** : *4 - 7 - 12 - 16 - 49*
- On les range aussi du **plus grand au plus petit** : *49 - 16 - 12 - 7 - 4*

28 Naissances sous le soleil

→ **Trace le chemin allant de l'oiseau qui a le moins de petits à celui qui en a le plus.**

29 Attention, crocodile mangeur de nombres !

Le crocodile ouvre grand la gueule devant le plus grand nombre.

→ **Écris les nombres proposés du bon côté pour les comparer.**

20 12 ……………… ………………

7 8 ……………… ………………

14 1 ……………… ………………

16 15 ……………… ………………

Le corps humain

mémo

Le **corps** représente l'ensemble des parties d'un **être humain.**
La tête, le tronc, les bras et les jambes forment le corps humain.

30 Quelle chute !

→ **Remets les lettres en ordre pour indiquer quelles parties du corps de Dorian le docteur a auscultées.**

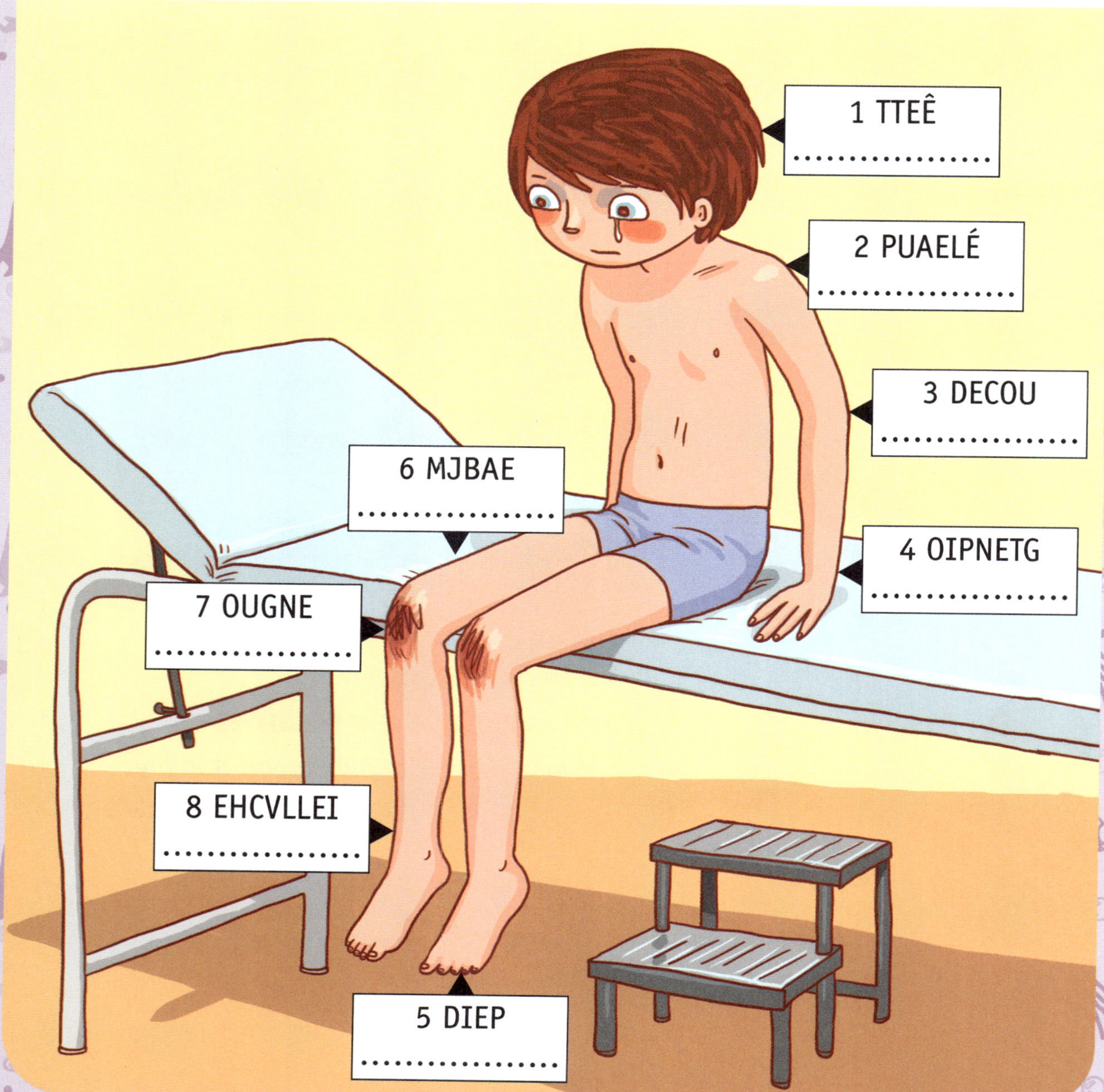

Les nombres de 50 à 79

mémo

De **50 à 79**, les nombres s'écrivent avec **2 chiffres.**
Tous les mots du nombre sont séparés par un tiret.
51 cinquante-et-un   **66** soixante-six

31 Regarde là-haut !

→ **Relie les points de 50 à 79 pour découvrir ce que l'on voit en haut de la colline.**

GRAND JEU DE LA

Les 7 différences

Retrouve les 7 différences dans l'image du dessous.

Le labyrinthe de maïs

Suis le chemin qui conduit les enfants à la sortie.

Le son [f]/« f »

mémo

J'entends [**f**], je vois :
- la lettre **f** : *la farine*
- les lettres **ff** : *souffler* ou **ph** : *la photo.*

32 Mots croisés au soleil

→ **Complète la grille en t'aidant des dessins.**

33 Devinettes

Qui donne sa langue au chat ?

→ **Trouve les mots et ce ne sera pas toi !**

Je suis un mot dans lequel on entend [f]. Je suis composé de 4 lettres et de 2 syllabes. On me boit chaud, parfois avec du lait dans un bol ou une tasse.
Je suis le ....

Je suis un mot dans lequel on entend [f]. Je suis composé de 8 lettres et de 3 syllabes. Mes 26 lettres sont toujours dans le même ordre.
Je suis l'...

Les nombres de 80 à 99

mémo

De **80 à 99**, les nombres s'écrivent avec **2 chiffres.**

80	81	82	83	84	85	86	87	88	89	90	91	92	93	94	95	96	97	98	99

34 À toi de jouer !

→ **Complète la grille de loto dans l'ordre des nombres.**

80				
	86			
			93	
				99

35 Le gros lot

→ **Relie les points de 80 à 99 pour découvrir le lot à gagner à la fin de la partie de loto.**

La reproduction des animaux

mémo

Les animaux naissent, grandissent, **se reproduisent** et meurent. Certains animaux pondent des **œufs** pour se reproduire. D'autres donnent naissance à leurs **petits** et les allaitent : ce sont les **mammifères.**

Le serpent pond des œufs.

L'éléphante donne naissance à l'éléphanteau : c'est un mammifère.

36 Naissances au zoo

→ **Reconstitue les bonnes paires en reliant la maman et son petit.**

37 Mères poules

→ **Colorie en rouge les femelles mammifères et en bleu celles qui pondent des œufs.**

Le son [z]/« z »

mémo

J'entends **[z]**, je vois :
- la lettre **z** : *le zoo*
- la lettre **s** placée **entre deux voyelles** : *la visite.*

38 En visite au zoo

→ **Barre les noms de la liste écrits dans la grille. Avec les lettres restantes, tu découvriras le nom de l'animal photographié par Sarah.**

ours
zèbu
zèbre
singe
tigre
lézard
buse

L	E	Z	A	R	D
G	A	E	Z	E	S
Z	E	B	R	E	I
L	O	U	R	S	N
T	I	G	R	E	G
L	E	B	U	S	E

_ _ _ _ _ _ _ _

39 Les intrus

→ **Trouve dans la liste deux noms d'animaux dans lesquels la lettre « s » ne fait pas le son [z].**

.... et ....

La lettre o

mémo

Je vois la lettre **o**, j'entends :
[o] : *un bocal*
[oi] : *une poire*
[on] : *un dindon*
[ou] : *le hibou*
[œ] : *un cœur*

40 Goûter surprise !

→ **Complète les mots avec une écriture comportant la lettre o.**

Avec des ......eufs, un f......et et des carrés de ch......c......lat, Janel et Fantine préparent une délicieuse m......sse.
Sam et Louis c......pent des p......mmes pour faire une b......nne c......p......te.

41 Retour de pêche

→ **Qui suis-je ?**

Je suis un coquillage noir à la chair orange quand je suis cuit et qui vit accroché aux rochers.
Je suis la ....

Pour me trouver, il faut creuser le sable. Je suis un coquillage de couleur beige. Le coq est mon cousin.
Je suis une ....

Le son [o]/« o »

mémo

J'entends [**o**], je vois :

- la lettre **o** : *un domino*
- les lettres **au** : *du saut en hauteur* ou **eau** : *un seau rempli d'eau.*

42 Drôle de parchemin

→ **Complète les mots avec une écriture du son [o] pour savoir ce qu'ont découvert Maud et Titouan en explorant les salles du manoir.**

Cuire à gr_s bouillons :

10 litres de bave de crap_ _d

1 kil_ d'escarg_ts vert flu_

4 jeunes moin_ _ _x

2 douzaines de queues

de t_ _pes, 3 poir_ _ _x

sel, poivre et poils de t_ _r_ _ _x

43 Charade

Mon premier signifie « sans aucun habit ».
Mon deuxième est le cinquième mois de l'année.
Mon troisième est le bruit que fait le bébé après avoir bu son lait.
Mon tout se trouve au-dessus de la porte des maisons.

....

Les doubles

mémo

8 est le **double** de **4**.
Double est le mot que l'on emploie parce que **4 + 4** = 8.

44 Abracadabra !

→ **Écris dans le tableau le nombre d'animaux ou de choses qui vont sortir du chapeau du magicien.** *La baguette du magicien double tout ce qui rentre dans le chapeau.*

45 Qui suis-je ?

• Je suis un nombre de 2 chiffres. 2 est le chiffre de mes dizaines. Le chiffre de mes unités est le double de 2.
Je suis……………………

• Je suis un nombre à 2 chiffres. Je suis le double de 9.
Je suis………………………………

Les moitiés

mémo

8 est la **moitié** de **16.**
Quand **on partage en deux**, le résultat s'appelle **la moitié**.

46 Il faut partager

→ **Écris en lettres dans les cases la moitié des nombres proposés.**

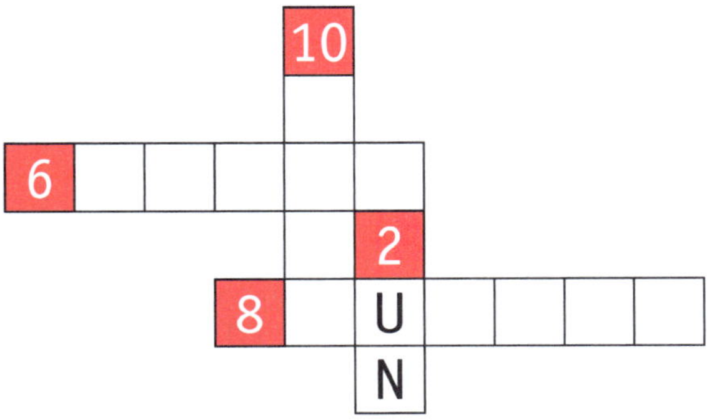

47 Bonne pêche !

→ **Romain doit pêcher la moitié des canards qui sont dans l'eau pour gagner un lot.**

Combien de canards doit-il pêcher ?

Il doit pêcher .... canards.

Les moyens de transports

mémo

Les moyens de transports sont **différents** selon que l'on est sur la **terre**, sur la **mer** ou dans les **airs**.

La **voiture** est un moyen de locomotion **terrestre**, le **voilier** un **moyen maritime** et le **planeur** un **moyen aérien**.

48 Départ immédiat !

→ **Place chaque nom de moyen de transport dans la grille en commençant par le plus long.**

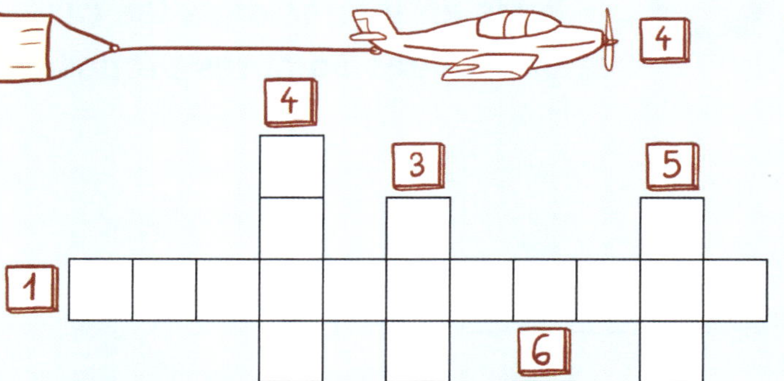

49 Par tous les moyens

→ **Colorie en bleu les dessins représentant des moyens de transport maritimes, en vert des moyens terrestres et en rouge des moyens aériens.**

La sécurité routière

mémo

À pied, en vélo, à rollers, en trottinette, à moto ou en voiture, **il faut respecter** le code de la route et les règles de sécurité routière.

50 Respectons les règles

→ **Barre ce que Noam, Lou, Tom et Alice ne doivent pas faire quand ils se promènent en ville.**

51 Le code en couleur

→ **Colorie en rouge ou en bleu chaque panneau : chaque couleur est indiquée par un point.**

Zone obligatoire pour piétons

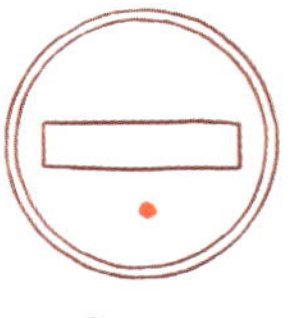
Sens interdit

Interdit aux vélos

Accès pour personnes handicapées

How many are there? (Combien y en a-t-il ?)

mémo

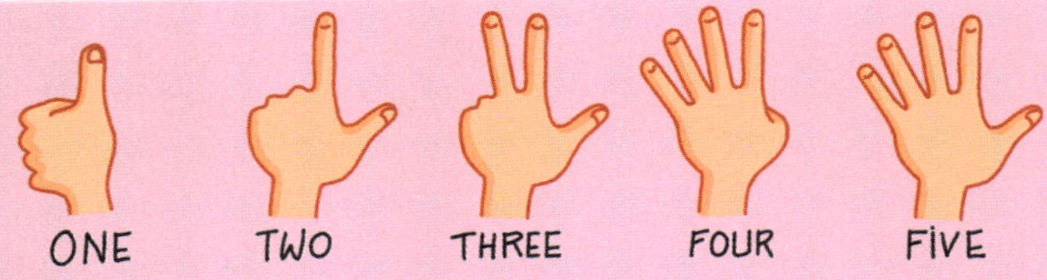

52 Visite chez l'apiculteur

→ **Écris dans la grille le nombre d'abeilles que tu vois en t'aidant des lettres proposées.**

N O E
W O T
E T H R E
R O U F
V E F I

53 Les butineuses

→ **Aide les butineuses à repérer les fleurs violettes et rouges dans le champ en les coloriant suivant ce code.**

Le son [j]/« ille »

mémo

J'entends [**j**], je vois :
- **il** : *un éventail, le soleil*
- **ill** : *la quille, la bouteille*.

54 En promenade

→ **Écris le numéro correspondant au mot qu'il représente.**

1) abeille | 2) soleil | 3) grenouille | 4) écureuil | 5) papillon | 6) chenille

55 À la loupe

→ **Barre dans chaque ligne le mot intrus.**

- fauteuil – travail – feuille – fenouil – orteil
- bille – gorille – bataille – myrtille – espadrille
- caillou – bouillie – groseille – rouille – fille

La somme de 2 nombres

mémo

La **somme** de 2 nombres se calcule en **ajoutant** les nombres.

5 + 3 = 8 **8** est la **somme** de 5 + 3

56 Bienvenue chez Mamie

→ **Calcule les sommes des nombres et colorie selon le code pour entrer chez la grand-mère de Mathilde et Juliette.**

L'addition sans retenue

mémo

Pour faire une **addition**,
il faut aligner les **unités** et les **dizaines** :

	d	u
	2	1
+	1	4
	3	5

57 Signe de beau temps

→ **Colorie selon le code pour découvrir le papillon que Nino voudrait capturer pour sa collection.**

58 Pyramide magique

→ **Complète la pyramide.**

Le nombre inscrit sur chaque brique doit être égal à la somme des deux nombres écrits en dessous.

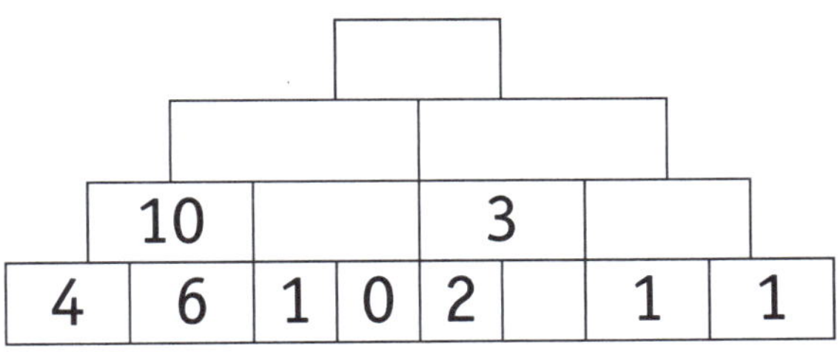

La campagne

mémo

La **campagne** est un lieu où l'on trouve des villages, des bois, des champs, des fermes et beaucoup d'animaux.

59 Paysage de campagne

→ **Écris dans la grille ce que Mattéo et Lucas voient en t'aidant de l'image et des numéros.**

Les accents

mémo

Il existe 4 **accents** :

/	\	^	¨
aigu	grave	circonflexe	tréma

que l'on écrit le plus souvent sur la lettre **e** pour en changer le son ou sur d'autres voyelles.

Exemples : *l'été, une règle, la fête, Noël, fantôme*

60 Petite sieste

→ **Pour chaque dessin, écris le numéro correspondant au mot qu'il représente.**

guêpe (1)	hérisson (2)	chèvre (3)	âne (4)
flûte (5)	vipère (6)	caïman (7)	rêve (8)

61 De toutes les couleurs !

→ **Colorie chacun des mots ci-dessus selon l'accent qu'il contient.**

aigu grave circonflexe tréma

L'alphabet

mémo

Il y a **26 lettres** dans l'alphabet :
a, b, c, d, e, f, g, h, i, j, k, l, m, n, o, p, q, r, s, t, u, v, w, x, y, z.

62 Où est Natacha ?

→ **Relie les points dans l'ordre de l'alphabet pour le savoir.**

63 Pas de baignade pour Martin !

→ **Remplace chaque lettre par celle qui la suit dans l'alphabet et tu sauras pourquoi Martin est en colère.**

L'ordre alphabétique

mémo

Dans le dictionnaire, les mots sont classés dans l'**ordre alphabétique** selon la première lettre de chaque mot.

course	randonnée	vélo
1er	2e	3e

64 À vos marques, prêts… partez !

Quel fouillis dans la liste des participants à la course de VTT !

→ **Réécris-la en classant les prénoms dans l'ordre alphabétique.**

Noémie	
Kylian	
Sarah	
Étienne	
Zoé	
Fantine	
Baptiste	
Côme	

65 Qui suis-je ?

→ **Aide-toi de l'ordre alphabétique pour répondre aux devinettes.**

- Je suis la 5e lettre de l'alphabet. Je suis la lettre ......
- Je suis avant la lettre **T** dans l'alphabet. Je suis la lettre ......
- Je suis entre **J** et **L** dans l'alphabet. Je suis la lettre ......
- Je suis la 13e lettre de l'alphabet. Je suis la lettre ......

Grand jeu

Le portrait

Remets chaque pièce à la bonne place pour reconstituer le tableau.

A...........
B...........
C...........
D...........

La bonne ombre

Entoure l'ombre de la sculpture.

Bravo le peintre !

Colorie le tableau en associant la couleur et sa lettre initiale.

L'addition à trous

mémo

13 + **?** = 24 est une **addition à trous.**

Pour compléter une addition à trous, il faut chercher **ce qui manque** pour obtenir le total.

66 Dans le mille !

→ **Complète le tableau des résultats du concours de fléchettes en t'aidant des cibles.**

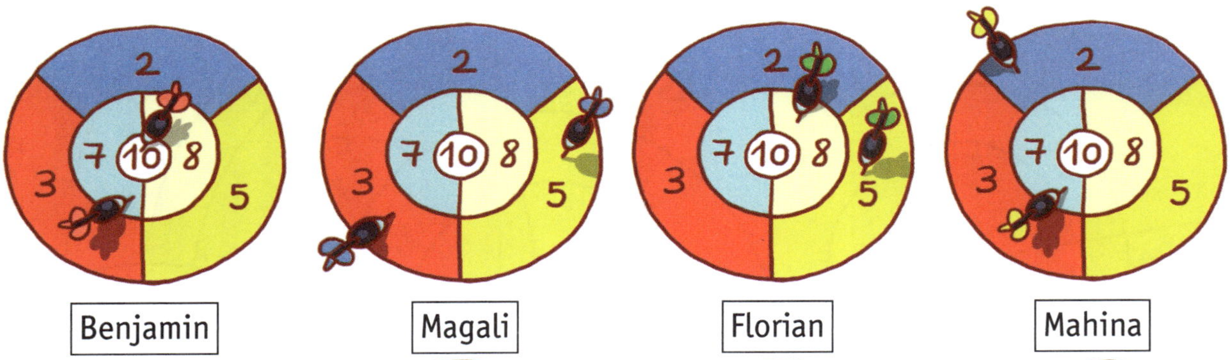

	Partie 1	Partie 2	Total
Benjamin	10	....	17
Magali	....	5	8
Florian	....	8	13
Mahina	7	....	9

67 Carré magique

→ **Place les nombres 8, 2, 5 et 10 pour que la somme de chaque ligne, colonne ou diagonale soit toujours égale à 18.**

7	...	3
...	6	...
9	4	...

Le sens des mots

mémo

Chaque **mot** a un **sens.** Pour connaître le sens d'un mot, utilise le dictionnaire.

*Sens du mot **ferme** : une ferme est l'habitation d'un agriculteur. Elle comprend des bâtiments pour le bétail et des hangars pour les récoltes et les machines. Elle est entourée de champs.*

68 À chacun son dortoir !

→ **Suis chaque chemin pour compléter les phrases.**

① clapier ② écurie ③ étable ④ poulailler

Le clapier est l'endroit où dort ....

L'écurie est le bâtiment où dort ....

L'étable est le bâtiment où dort ....

Le poulailler est l'endroit où dort ....

69 Devinettes

Je suis le petit de la vache. Je suis le ....

Je suis le petit de la poule. Je suis le ....

Je suis le petit de la jument. Je suis le ....

Je suis le petit de la truie. Je suis le ....

Compter de 2 en 2

mémo

Compter de 2 en 2, c'est **ajouter 2** à chaque résultat.
2 – 4 – 6 – 8...
21 – 23 – 25...

70 La course en sac

→ **Colorie les cases par où passe Anna sachant qu'elle doit sauter de 2 en 2.**

1	2	3	4
5	6	7	8
9	10	11	12
13	14	15	16
17	18	19	20

71 Nombres mystères

→ **Complète la suite des nombres.**

......	1	......	3	......	5	......	7	......	9	......

La soustraction sans retenue

mémo

Pour calculer une **soustraction**, il faut :
- aligner les **dizaines** et les **unités**
- placer le plus grand nombre en haut
- compter en retirant le petit chiffre du grand dans chaque colonne en commençant par les **unités**.

	d	u
	3	4
–	2	2
	1	2

72 Drôles de billets gagnants

➜ **Calcule la soustraction puis relie chaque billet au lot gagné.**

	36
–	23

	28
–	6

	49
–	9

	38
–	21

73 Opérations croisées

➜ **Compte et complète la grille.**

20	+	......	=	28
+		+		+
.....	+	......	=	.....
=		=		=
......	+	10	=	40

Pays chauds / Pays froids

mémo

Les plantes, les animaux, les habitations et la manière de vivre sont très **différents** selon que l'on est dans un pays **très chaud** comme en Afrique ou **très froid** comme en Laponie.

74 Pays chauds ou froids ?

→ **Colorie les pastilles en bleu sous les pays froids et en rouge sous les pays chauds.**

75 Que fais-tu là ?

→ **Barre l'intrus dans chaque liste d'animaux.**

- ours blanc – albatros – manchot – gazelle – baleine
- zèbre – phoque – panthère – lion - girafe

L'addition avec retenue

mémo

Pour calculer **certaines additions**, il faut compter une **retenue** (une dizaine de plus).

	d	u
	(1)	
	2	4
+	1	7
	4	1

(4 + 7 = **1** 1)

76 À l'aquarium

→ **Colorie selon le code pour découvrir ce que les enfants voient.**

31 (rouge) 26 (jaune) 24 (bleu) 38 (vert)

Le calendrier

mémo

Le **calendrier** indique les **mois** et les **jours** d'une année.
Il commence au 1er janvier, se termine au 31 décembre et se compose en tout de 12 mois.

77 Au fil des mois

→ **Écris les noms des mois de l'année effacés.**

78 Une date

→ **Écris ta date de naissance et la date du jour où tu fais cette page.**

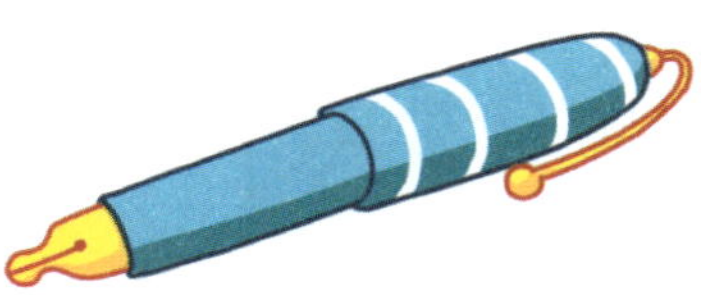

Ma date de naissance : ....

La date d'aujourd'hui : ....

Le mot étiquette

mémo

Un **mot étiquette** sert à regrouper certains mots.
Oiseau : pie, moineau, corbeau, cigogne
OISEAU est le mot étiquette.

79 Les bonnes confitures

→ **Barre les noms de fruits dans la grille. Avec les lettres restantes, tu trouveras dans quoi sont cuits les fruits pour faire de la confiture.**

pêche
prune
melon
fraise
mûre
tomate

→	T	O	M	A	T	E
	E	S	I	A	R	F
	S	M	E	L	O	N
	E	N	U	R	P	U
	R	M	U	R	E	C
	E	E	H	C	E	P	←

Les fruits sont cuits dans du ....

80 Quel désordre !

→ **Remets les lettres dans l'ordre pour écrire le bon mot étiquette dans chaque colonne.**

pâquerette	**bouton d'or**	**coquelicots**	L F R U E	....
marron	**rose**	**violet**	C U O R L E U	....
chien	**chat**	**rat**	A A I L M N	....

Les mots contraires

mémo

Un mot peut dire le **contraire** d'un autre.

Le linge est sec. Le linge est mouillé. « Mouillé » est le **contraire** de « sec ».

81 Les deux font la paire

→ **Associe les cartes portant des mots contraires pour gagner la partie.**

A	…		B	…		C	…		D	…		E	…		F	…

82 Drôles de panneaux !

→ **Colorie de la même couleur les panneaux qui disent le contraire.**

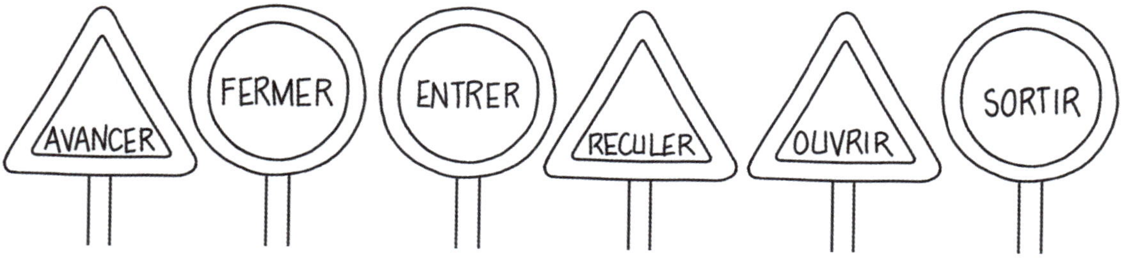

La table d'addition

mémo

La **table d'addition** permet de compter **plus vite**. Pour trouver un résultat, il faut suivre la ligne avec un doigt de la main gauche et la colonne avec un doigt de la main droite. Au croisement se trouve la réponse.

+	0	1	2	3	4	5	6	7	8	9
0	0	1	2	3	4	5	6	7	8	9
1	1	2	3	4	5	6	7	8	9	10
2	2	3	4	5	6	7	8	9	10	11
3	3	4	5	6	7	8	9	10	11	12
4	4	5	6	7	8	9	10	11	12	13
5	5	6	7	8	9	10	11	12	13	14
6	6	7	8	9	10	11	12	13	14	15
7	7	8	9	10	11	12	13	14	15	16
8	8	9	10	11	12	13	14	15	16	17
9	9	10	11	12	13	14	15	16	17	18

83 Soirée déguisée

→ **Colorie selon le code pour découvrir le déguisement de Mia.**

9 (bleu) 7 (jaune) 5 (vert)

Les longueurs

mémo

On indique le plus souvent la longueur en **centimètres (cm)** ou en **mètres (m).**

A ______________________________

B ____

La ligne **A** est **plus courte** que la ligne **B.**

La ligne **B** est **plus longue** que la ligne **A.**

84 Bracelets arc-en-ciel

→ **Classe les bracelets fabriqués par les enfants du plus court (1) au plus long (4).**

... Laura

... Maxime

... Hugo

... Clémentine

85 Mikado géant !

→ **Toutes les baguettes de Mikado doivent être de la même longueur. Entoure l'intrus dans le jeu.**

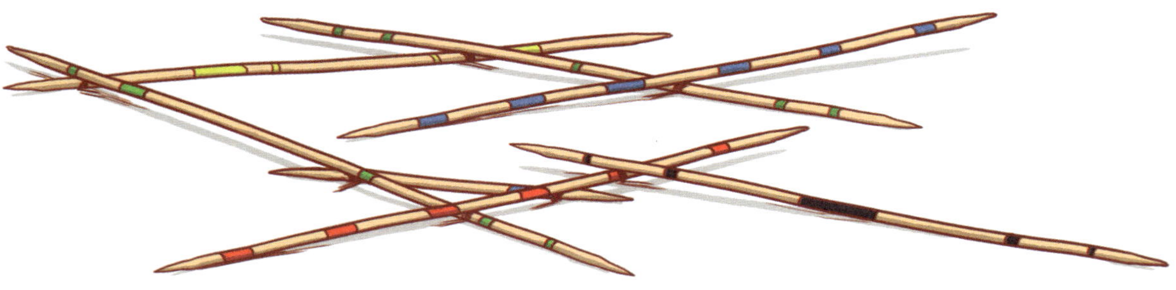

s ou ss ?

mémo

J'entends [**s**], j'écris :

- **s** au début d'un mot, entre une voyelle et une consonne, à la fin d'un mot : *le sac, une chanson, l'ours*
- **ss** entre deux voyelles : *une bosse*

86 On va se régaler !

→ **Écris le numéro du dessin en face du bon mot et complète la liste des courses avec S ou SS.**

87 Voyelles multicolores

→ **Colorie les voyelles autour de S ou SS.**

C	H	A	N	S	O	N

E	S	C	A	R	G	O	T

C	O	U	S	S	I	N

T	A	S	S	E

c ou ç ?

mémo

J'entends [**s**], j'écris :
- c devant e, i, y : *céleri, citron, cymbale*
- ç devant a, o, u : *façade, leçon, reçu*

88 Au bord du lac

→ **Écris le numéro du dessin en face du bon mot et complète avec c ou ç.**

☐ su…ette ☐ balan…oire ☐ cale…on ☐ …ygne

89 Intrus

→ **Barre l'intrus dans chaque ligne.**

- chien – ciel – prince – limace – cerise
- maçon – façade – caniche – leçon – ça
- cigale – glaçon – cinéma – rhinocéros – boisson

What color is it? (Quelle est cette couleur ?)

mémo

blue red yellow green white black

90 Vacances à Londres

→ Colorie selon le code pour découvrir la photo prise par James.

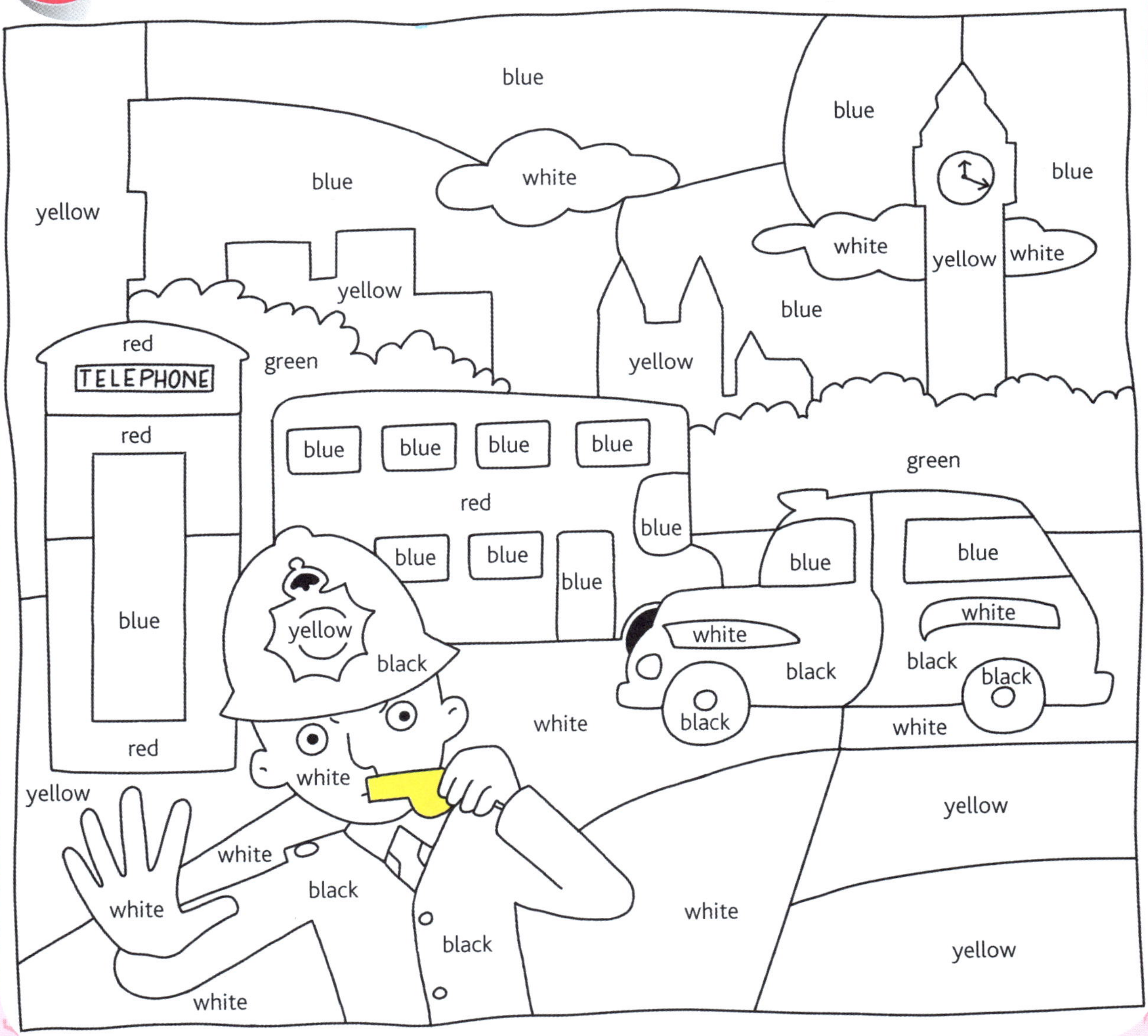

g ou gu ?

mémo

J'entends [**g**], j'écris :
- **g** devant a, o, u : *gare, gomme, figure*
- **gu** devant e, i : *guenon, guitare*

91 Gentil chien !

→ **Barre dans la grille les mots correspondant aux dessins. Avec les lettres restantes, tu découvriras la race du chien des voisins.**

G	U	I	D	O	N
B	O	U	L	B	O
E	G	A	R	A	G
E	U	D	O	G	A
G	I	U	E	U	R
F	I	G	U	E	D

Le chien des voisins est un ....

92 Alerte à la Guadeloupe

→ **Décode vite ce rébus pour savoir quel phénomène météorologique arrive sur l'île.**

un ....

g ou ge ?

mémo

J'entends [ʒ], j'écris :

- **g** devant e, i : *manège, girafe*
- **ge** devant a, o : *orangeade, rougeole*

93 Bon appétit !

→ **Complète les mots correspondant aux dessins avec les syllabes dans les nuages. Une syllabe peut servir plusieurs fois.**

1) rou……-gor……
2) pi……
3) ……roflée
4) mésan……
5) man……re

94 Devinettes

Je suis une partie de ta jambe qui porte une protection quand tu fais du roller ou que tu joues au hockey. Je suis ton _ _ _ _ _ .

Tu souffles pour m'éteindre le jour de ton anniversaire.
Je suis la _ _ _ _ _ e.

Je vis dans les contes. Je suis si grand que je dépasse les maisons.
Je suis un _ _ a _ _ .

Les masses

mémo

La **masse,** c'est le **poids** d'un objet. On l'indique le plus souvent en **grammes (g)** ou en **kilogrammes (kg).**

95 Sur la balance

→ **Suis le bon chemin et tu connaîtras la masse de chaque article.**

fraises : .... beurre : .... farine : .... rôti : ....

96 Un panier bien chargé

→ **Entoure en rouge l'article le plus lourd qui se trouve dans le caddie et en bleu le plus léger.**

Les noms féminins

mémo

Les noms féminins se terminent souvent par la lettre **e** : *une poule, la mariée.*

97 À la loupe

→ **Barre dans la grille les noms féminins correspondant aux dessins. Avec les lettres restantes, tu découvriras ce qu'observe Léon.**

P	O	U	P	E	E
L	I	A	I	R	E
U	E	A	E	I	U
I	D	E	N	T	O
E	G	N	E	E	B

Léon observe une ....

98 Les couples

→ **Colorie de la même couleur le mâle et sa femelle.**

loup	porc	renarde	lapine	renard	louve	lapin	truie	

GRAND JEU

Chat perché !

Relie les points de 50 à 69 pour découvrir où est Nicolas.

Minuscules

Croise les noms des petits habitants du jardin en t'aidant de la liste et des images.

coccinelle
escargot
fourmi
mulot
taupe
ver

DE LA FORÊT

D'un battement d'ailes

Pendant qu'il est posé, colorie le papillon en associant la couleur et son initiale.

Chacun chez soi !

Suis le chemin que doivent prendre les animaux pour retrouver leur maison.

Le pluriel des noms

mémo

Au **pluriel**, les noms s'écrivent avec **s** ou **x** sauf pour les **noms** qui se terminent déjà par **s** ou **x** ou **z** au singulier :
des sabots, des yeux, une souris-des souris, un nez-des nez, un prix-des prix

99 Qui dort dans cette chambre ?

→ **Remplace chaque lettre par celle qui la suit dans l'alphabet pour le savoir.**

100 En attendant le retour des baigneurs

→ **Complète la grille en t'aidant des dessins et de leur numéro.**

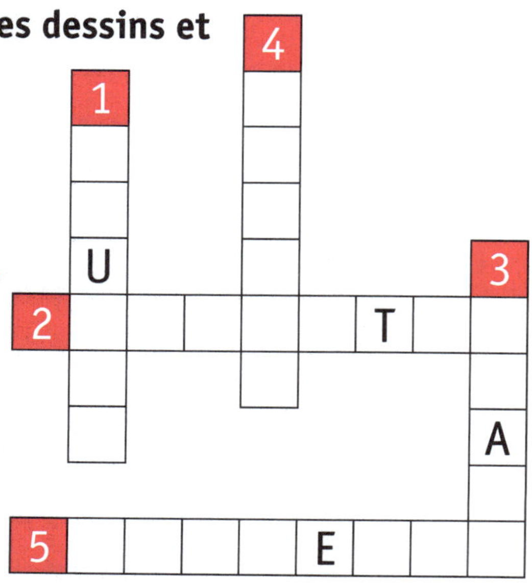

Le verbe au pluriel

mémo

Le chien mang**e** des croquettes.

Les chiens mang**ent** des croquettes.

Au pluriel, les verbes se terminent par « **nt** ».

101 Photos de vacances

→ **Complète les verbes avec « e » ou « ent » et découvre ce qu'a oublié Lucie.**

Mes cousines nag..... dans la piscine.

Antoine jou.... au badminton sur la plage.

Les mouettes vol..... au-dessus du bateau.

Les garçons pêch..... .

Lucie n'avait pas de

Lucie n'avait pas de .... !

La table de multiplication par 2

mémo

La **table de multiplication** permet de compter **plus vite.**

Tous les doubles de 2 à 10 sont dans la table de multiplication par 2.

2 x 1 = 2	2 x 6 = 12
2 x 2 = 4	2 x 7 = 14
2 x 3 = 6	2 x 8 = 16
2 x 4 = 8	2 x 9 = 18
2 x 5 = 10	2 x 10 = 20

102 Panique au musée

→ **Multiplie les nombres sous les tableaux de gauche par 2 et associe le résultat à ceux de droite pour connaître leur auteur.**

La monnaie

mémo

Notre monnaie s'appelle **l'euro (€).** On peut payer avec **des pièces de 1 € ou de 2 €** et **des billets** de **5 €, 10 € ou 20 €.**

103 La boutique du musée

→ Relie chaque souvenir acheté par les enfants au bon porte-monnaie pour savoir ce qu'ils ont acheté.

Des mots qui se ressemblent

mémo

Certains mots se prononcent de la **même manière**, mais ils n'ont pas le **même sens** et ne s'écrivent **pas pareil**.

un mur

une mûre

104 Qui se ressemble, s'assemble !

→ Écris le mot juste à côté du dessin en suivant le bon chemin puis colorie de la même couleur les mots qui se ressemblent.

105 Devinettes

- Je suis une grande étendue d'eau salée.

  Je suis la ☐☐☐.

- Mes enfants m'appellent maman.

  Je suis leur ☐☐☐☐.

- Je dirige la ville.

  Je suis le ☐☐☐☐☐.

L'adjectif au féminin

mémo

Le plus souvent, l'adjectif se termine par **e** au féminin :
la <u>petite</u> coccinelle.

106 Bulletin météo

→ **Remplace chaque lettre par celle qui est avant dans l'alphabet et complète la météo du jour.**

Aujourd'hui

→ **Matin**

| g | j | o | f |

Pluie ....
Prenez vos imperméables !

→ **Après-midi**

| e | p | v | d | f |

.... brise et soleil.

| c | p | o | o | f |

.... journée !

107 Météo des plages

→ **Lis le panneau affiché à l'entrée de la plage et complète les adjectifs effacés pour savoir si tu peux te baigner.**

(drapeau rouge)	Baignade interdi ..... Danger !
(drapeau jaune)	Mer agit..... Baignade autoris.... mais prudence !
(drapeau vert)	Mer cal..... Baignade autoris.....

French words or English words?
(Mots français ou mots anglais ?)

mémo

Certains mots utilisés en **français** proviennent de la **langue anglaise.** C'est le cas de noms comme « **parking** », « **pull** » ou « **sweat** ».

108 Do you speak english? (Parles-tu anglais ?)

→ **Suis le bon chemin pour relier chaque dessin au bon mot d'origine anglaise.**

109 Victimes de la mode

→ **Entoure tous les noms de vêtements d'origine anglaise.**

L'adjectif au pluriel

mémo

Le plus souvent, l'**adjectif** se termine par **s** au pluriel : *les belle**s** roulotte**s***

110 En piste !

→ **Remets les syllabes dans l'ordre pour découvrir le programme du spectacle puis colorie le chapiteau du cirque avec des rayures rouges et jaunes.**

Venez applaudir
les chiens [vants/sa] ....,
les fauves [ro/ces/fé] .... mais très
[o/ssants/bé/i] ....et tous
les numéros [gni/ma/ques/fi].........
du cirque Marius.

La phrase

mémo

La **phrase** est une suite de mots qui a un **sens**.
Elle commence par une **majuscule** et se termine par un **point**.

Le soleil brille.

111 En colonie

→ **Lis attentivement les phrases et réponds en indiquant le numéro de la bonne bulle.**

La phrase qui contient le plus de mots : ....
La phrase qui ne se termine pas par un point : ....
La phrase qui ne veut rien dire : ....

112 Sur le bout de la langue

→ **Retrouve le mot et complète la phrase en t'aidant des dessins.**

Le _ _ _ _ _ _ _ _ _ est un animal qui se régale de fourmis.

L'heure

mémo

Dans la journée, on se repère en regardant **l'heure**. La pendule, une montre, un réveil indiquent l'heure.

La moitié d'1 heure représente 30 minutes, on dit aussi une demi-heure.

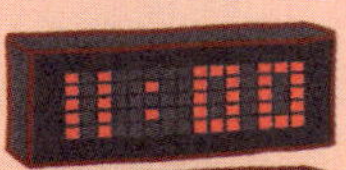

Il est 11 heures.

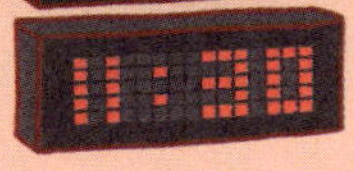

Il est 11 h 30 min ou 11 h et demie.

113 Au programme de la journée de colo

→ **Retrouve les renseignements effacés sur le panneau et place-les au bon endroit.**

Dimanche 12 juillet

Lever	7h30
Petit déjeuner	
Départ pour la visite des grottes	
Déjeuner	13h
Départ pour la plage	
Dîner	
Douche	
Coucher	21h30

19h 15h 9h30 8h 20h30

Le nom

mémo

Un **nom** est un mot qui désigne une personne *le musicien,* un animal *le hamster,* ou une chose *le saxophone.* **Le, la, l', un, une… accompagnent** le nom et permettent de le repérer.

114 Concert en plein air

→ **Recopie les noms de la liste dans la grille pour découvrir dans les cases colorées le nom d'un instrument de musique que l'on trouve dans les églises.**

trompette
flûte
harpe
tuba
guitare

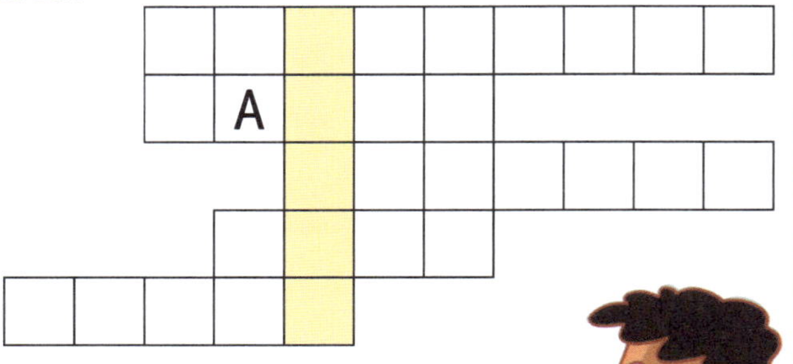

115 En rythme !

→ **Colorie de la même couleur le nom et le mot qui l'accompagne.**

le | piano | l' | la | batterie | accordéon

Intérieur / extérieur

mémo

Une **ligne fermée** partage l'espace en deux parties : **l'intérieur et l'extérieur.**

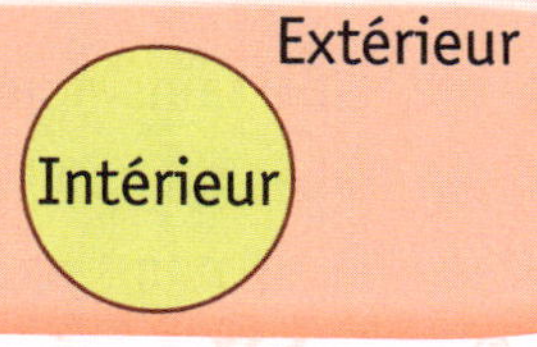

116 Raconte-moi une histoire…

→ **Entoure d'une ligne fermée les personnages des livres qui sont à l'intérieur d'un espace.**

117 Génie, es-tu là ?

→ **Aide Aladin à faire sortir le Génie de sa lampe en traversant ce labyrinthe.**

Nom commun / Nom propre

mémo

Certains noms s'écrivent avec une majuscule :
Les prénoms, les noms de famille : *Antoine **D**urand*
Les noms de lieux : ***N**ice, la **F**rance*
Les fêtes du calendrier : ***N**oël*
Ce sont des **noms propres.** Les autres noms sont des **noms communs.**

118 Bracelets d'été

→ **Écris le bon prénom sur chaque bracelet en t'aidant du rébus et sans oublier la majuscule.**

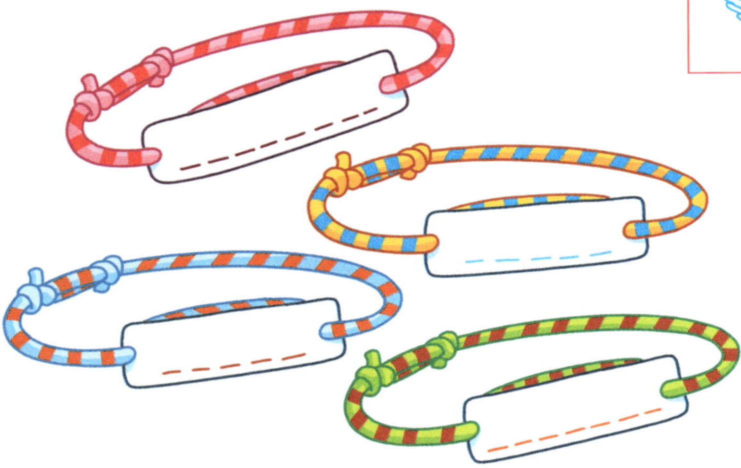

119 D'où viens-tu ?

→ **Trouve la charade et tu sauras d'où vient Harry.**

Mon premier est rongé par le chien.
Mon deuxième est la deuxième syllabe de « attraper ».
Mon troisième t'attend tous les soirs.
Mon tout est le pays des kangourous.
Harry vient d'....................... .

Les formes géométriques

mémo

Le carré, le rectangle, le triangle sont des **formes géométriques** fermées.

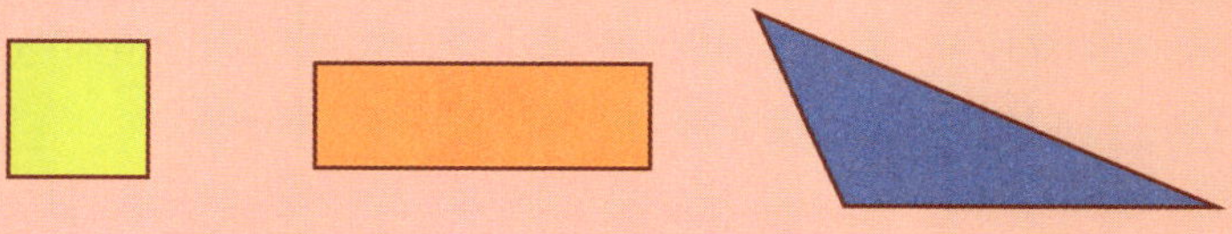

120 Quelle construction !

→ **Compte le nombre de pièces de la maquette d'Arnaud selon leur forme.**

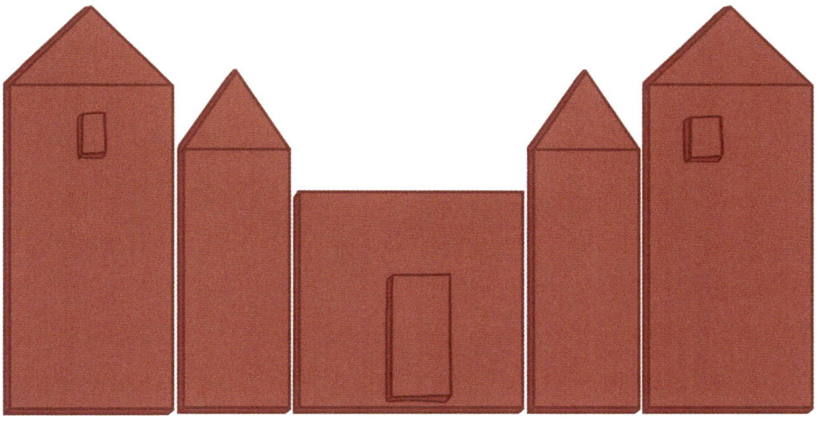

Triangles : .... Carrés : .... Rectangles : ....

121 Ombres chinoises

→ **Trace un chemin entre chaque forme et son ombre, puis dessine l'ombre de la forme restée libre.**

Le genre du nom

mémo

Accompagné de « **le** » ou « **un** », le nom est **masculin** : ***le** koala.*
Accompagné de « **la** » ou « **une** », le nom est **féminin** : ***la** grenouille.*

122 Qui a croqué la salade ?

→ **Cherche le coupable en te servant des indices suivants et colorie son nom :**

- son nom est masculin ;
- son nom contient la lettre « t » ;
- il y a 3 syllabes dans son nom.

123 Le dernier mot

→ **Barre dans la liste 5 noms féminins et 2 noms qui contiennent la lettre h pour découvrir le dernier mot.**

- plante – cheval – cadeau – auto – image – char – montagne – lampe

→ **Barre dans la liste 4 noms masculins et 3 noms féminins de 3 syllabes pour découvrir le dernier mot.**

- chou – haricot – salade – courgette – tomate – betterave – oignon – poireau

Se déplacer sur un quadrillage

mémo

On utilise un **code,** des **flèches** ou des **nœuds** pour se déplacer sur un **quadrillage**.

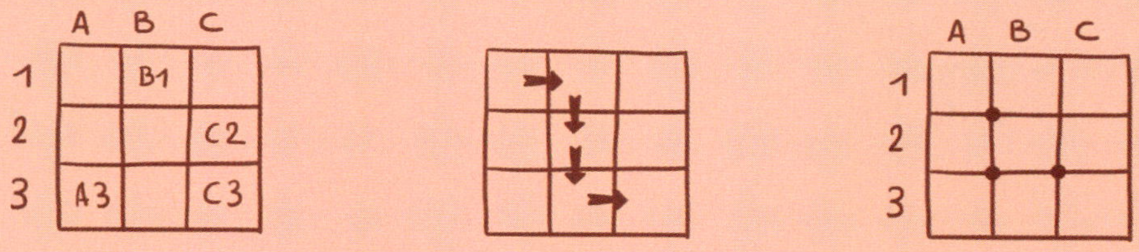

124 Cherche Pataud !

→ **Trace avec des flèches le chemin le plus court que doit suivre le chien du berger pour retrouver la brebis égarée sachant qu'il doit toujours passer par une pâquerette.**

Reproduire sur un quadrillage

mémo

Pour **reproduire des formes géométriques** sur un quadrillage, il faut :
- **compter** les carreaux
- **se déplacer** dans la bonne direction.

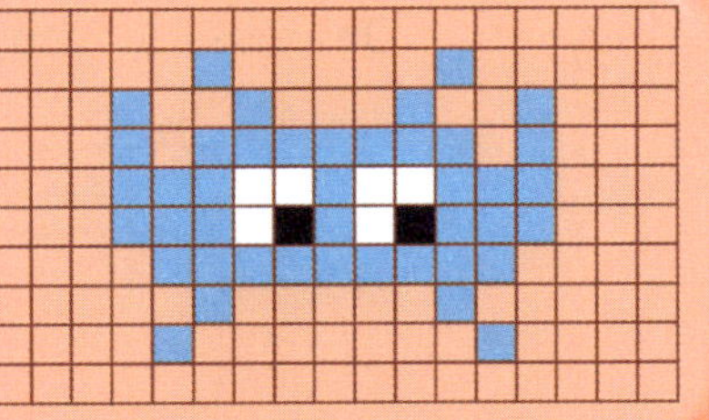

125 Château de sable

→ **Reproduis sur le quadrillage le château que les enfants vont construire en partant du point rouge.**

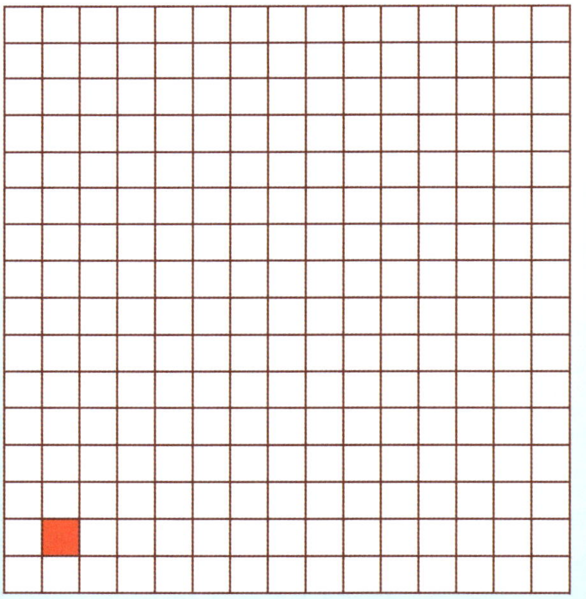

Le nombre du nom

mémo

une montgolfière (une seule)
nom au **singulier.**

des montgolfières (plusieurs)
nom au **pluriel.**

Le, la, l', un, une accompagnent des noms au **singulier.**

Les, des accompagnent des noms au **pluriel.**

126 Camping à la ferme

→ **Complète les noms au pluriel avec un s.**

127 Visiteurs nocturnes

→ **Écris dans la grille le nom des animaux.**

GRAND JEU DE

Qui craint le grand méchant loup ?

Le loup trouvera-t-il les brebis ? Trace le chemin qu'il doit prendre pour les atteindre sans croiser le chien de berger qui surveille le troupeau !

Les as-tu croisés ?

Croise les noms d'animaux qui vivent à la montagne.

LA MONTAGNE

Jusqu'au sommet

Relie les points de 1 à 29 et tu découvriras comment te rendre tout là-haut.

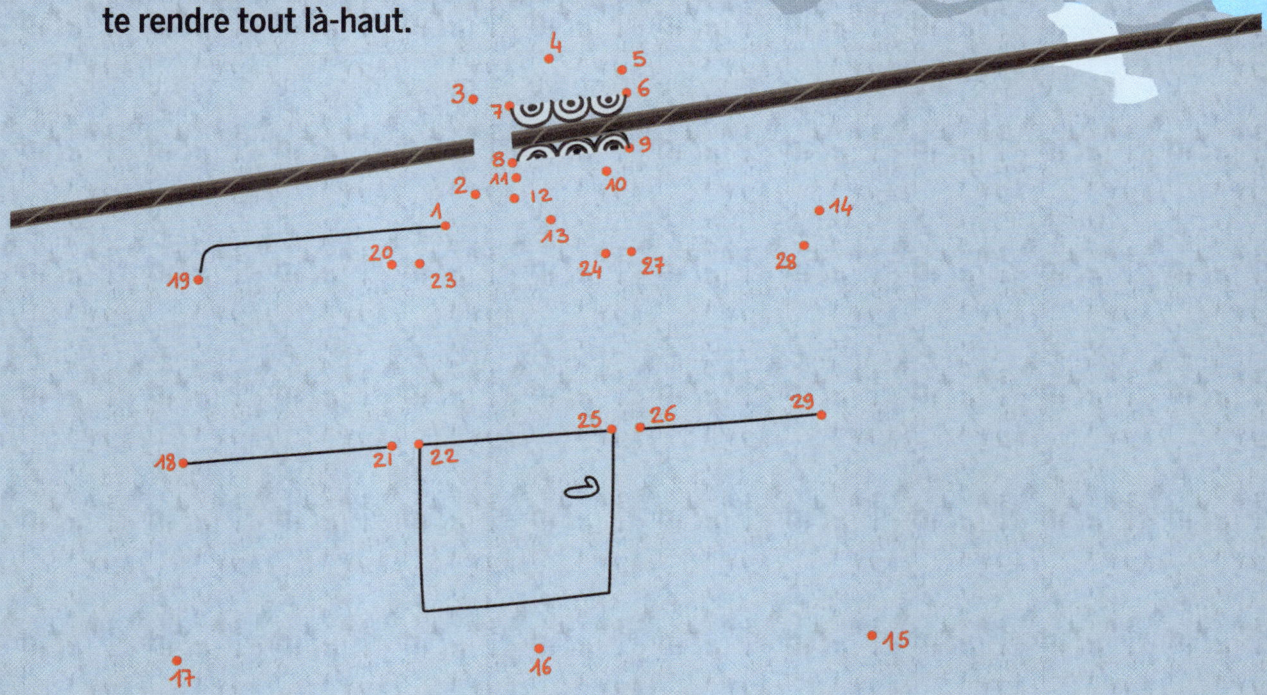

Rébus

Quel est le nom d'une maison à la montagne ?

un ....

Se repérer dans l'espace

mémo

Pour se repérer dans l'espace, il faut :
- connaître la **droite** et la **gauche**,
- faire la différence entre **devant** et **derrière**, **sur** et **sous**,
- repérer une chose **entre** deux autres.

128 Pas besoin de semer des petits cailloux

→ **Trace le chemin que prend Loïc pour se rendre chez son nouveau copain en t'aidant des indications.**

Passer sur le pont puis entre l'arbre et le menhir.
Après, passer devant le gros tas de cailloux puis à gauche du massif de fleurs.
Tourner à droite, descendre tout droit et c'est là.

Les dangers du quotidien

mémo

Attention, danger !

- Le soleil brûle, n'oublie ni tes lunettes, ni ta casquette, ni ta crème solaire.
- Si tu ne sais pas nager, n'oublie pas tes brassards.
- En vélo, n'oublie pas ton casque et respecte les panneaux.

129 Bien équipés

→ **Relie chaque protection à son nom puis au sport auquel elle correspond.**

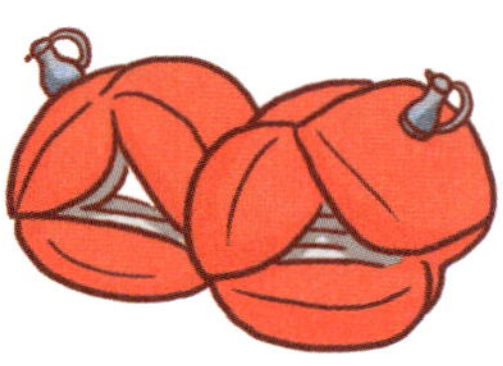

- • bombe •
- • brassards •
- • casque •
- • genouillères •
- • gilet •

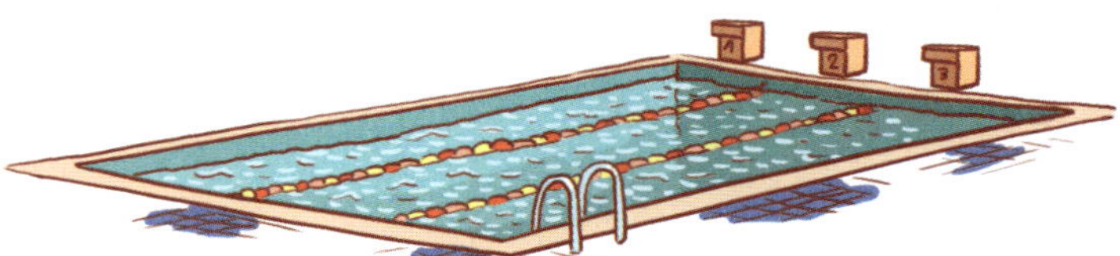

La carte d'identité

mémo

La **carte d'identité** est un **document** où sont inscrits :
- le nom
- le(s) prénom(s)
- la date et le lieu de naissance
- la taille
- le sexe (masculin ou féminin) d'une personne.

130 Embarquement immédiat

→ **Complète ta carte d'identité pour la présenter à l'hôtesse au comptoir de l'aéroport.**

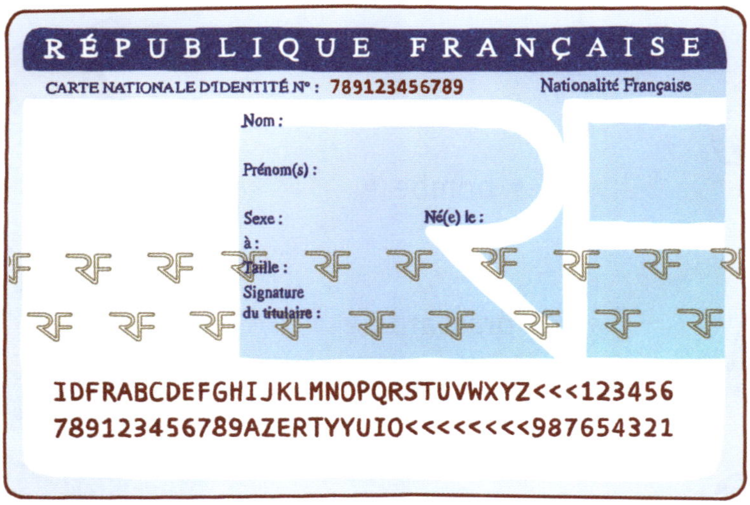

131 Photos mystères

→ **Écris le prénom de chaque fillette en réunissant ces photos par paires.**

....

....

....

L'adjectif

mémo

L'adjectif est un mot qui donne des renseignements sur le nom.
*une pomme **verte***

132 Le portrait-robot

→ **Trouve le portrait de la personne recherchée dans le jeu en te servant des cartes indices.**

INDICES
- des cheveux bruns
- des lunettes rondes
- des moustaches recourbées
- un petit nez

Le portrait de la personne recherchée est le portrait ....

133 Deux par deux

→ **Relie chaque groupe du nom à l'adjectif qui lui correspond.**

des gâteaux | un poisson | les flèches | pointues | rouge | sucrés

Le verbe

mémo

Le plus souvent, le **verbe** est le mot qui dit **ce que l'on fait**.

Le chat **dort** et la souris **guette**.
verbe *verbe*

134 Au bord de la rivière

→ **Complète les phrases en t'aidant de l'image pour savoir ce que fait chaque personnage.**

Noé _ _ _ _ _ _ _ _ dans ses jumelles.
Rémi _ _ _ _ tranquillement.
Jules _ _ _ son livre.
Aurélie _ _ _ _ dans l'eau.
Léo _ _ _ _ _ des poissons.

135 Que de bruit !

→ **Suis le fil pour découvrir le cri de chaque animal.**

HENNIT FEULE MEUGLE BARRIT CAQUETTE

Comparer pour trouver des différences

mémo

Pour **trouver des différences** entre deux images, il faut :
- **déplacer les yeux** sur une partie de chaque image en allant de l'une à l'autre
- **comparer** tout ce que l'on a vu
- **et recommencer** sur toutes les autres parties de l'image.

136 Le pique-nique

→ **Retrouve les 7 différences qui se sont glissées dans la deuxième image.**

Animals (Les animaux)

mémo

137 In english, please!

→ **Place les noms des animaux en anglais dans la grille en t'aidant des dessins.**

d o g
c a t s
p i g
b i r d
d u c k
s n a i l

138 Avec l'accent

→ **Décode ce rébus pour savoir comment se prononce le nom de cet animal en anglais.**

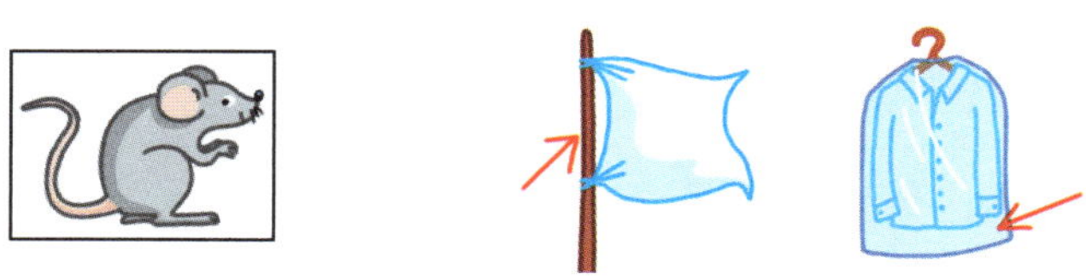

_ _ _ _ _

Repérer des anomalies

mémo

Une **anomalie** est un **intrus.** On la repère parce qu'elle **ne se trouve jamais** dans une image comme celle que l'on observe. Elle ne se trouve pas à la bonne place ou à la bonne époque par exemple.

139 Drôle de ferme !

→ **Retrouve les 10 anomalies qui se sont glissées dans la scène.**

Repérer les pièces d'un puzzle

mémo

Un **puzzle** est constitué de **pièces qui s'emboîtent** les unes dans les autres et sur lesquelles sont dessinés des éléments de l'image entière.

140 Dans le grand bain

→ **Entoure la pièce qui n'appartient pas au puzzle.**

Sports (Les sports)

mémo

Surf, hockey, volley-ball... sont des sports portant un **nom anglais.**

141 On fait une partie ?

→ **Écris les noms de sports en t'aidant des images et de la liste.**

surf
hockey
rugby
volley-ball
basket-ball
football

→ **Et toi, lequel de ces sports préfères-tu ?**

Les pays étrangers

mémo

Un pays est un **territoire** délimité par des **frontières**.
La **Belgique** est un pays voisin de la **France**.

142 Destinations de vacances

→ **Colorie selon le code pour faire apparaître le drapeau de chaque pays où les enfants ont passé leurs vacances.**

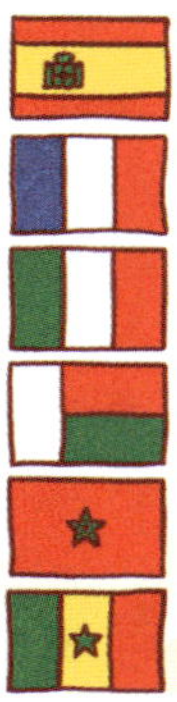

ESPAGNE
FRANCE
ITALIE
MADAGASCAR
MAROC
SÉNÉGAL

B= J= R= V=

Reconstituer un puzzle

mémo

Pour **reconstituer un puzzle**, il faut :
- **observer la forme** de chaque pièce
- **repérer** si la pièce va dans un **coin** de l'image, sur un **côté ou au milieu**
- **observer** les **couleurs** et les **dessins** sur la pièce.

143 Destination lointaine

→ **Remets chaque pièce au bon emplacement pour compléter la carte postale de Mounia.**

Les étapes de la vie

mémo

Nous passons par différentes étapes dans notre vie : bébé, enfant, adolescent, adulte. Toi qui utilises ce cahier, tu es un enfant.

144 Le bon vieux temps

→ **Numérote les photos de 1 à 5 pour classer les étapes de la vie du grand-père d'Alexis et Thibaut.**

L'infinitif du verbe

mémo

Dans le dictionnaire, on trouve les verbes à l'infinitif. Quand on le conjugue le verbe change.
Les enfants **mangent** des crêpes.
C'est le verbe **manger**
(infinitif)

145 Et que ça saute !

→ **Complète la recette en t'aidant des dessins et des verbes.**

cuire / verser / servir / ajouter / chauffer / mélanger

.... la farine, le sucre, les œufs et l'huile.

.... le lait et l'eau.

.... la poêle en la graissant avec un gros morceau de beurre.

.... une petite louche de pâte.

.... à feu bien chaud en retournant la crêpe.

.... chaud en étalant de la confiture de myrtilles.

146 Sucrée ou salée ?

→ **Réponds à la question en t'aidant du rébus.**

Que demande Marius qui n'aime pas les myrtilles ?

Marius demande du   ....

Raisonner avec logique

mémo

Pour **raisonner**, il faut :
- **se concentrer** sur ce qui est demandé,
- et aller **chercher** dans sa mémoire tout **ce que l'on sait** pour répondre.

147 Indien Malin

→ **Colorie le matériel de Yanis en respectant l'ordre des couleurs.**

Les pronoms personnels

mémo

Le **verbe** est souvent accompagné de **je, tu, il, elle, nous, vous, ils** ou **elles.**
Ce sont des **pronoms personnels.**

148 Bons baisers…

→ **Complète la carte postale de Jordan en t'aidant des pronoms personnels suivants.**

tu – nous – il – je – ils – j'

149 Sudo-qui ?

→ **Complète le sudoku avec je, tu, il, elles.**

Un même pronom personnel doit apparaître une seule fois par ligne, colonne ou carré.

JE	TU	IL	ELLES
	ELLES	JE	
	JE		
ELLES		TU	

Les verbes « être » et « avoir »

mémo

*« **être** en vacances »*. Je **suis** en vacances. Il (elle) **est** en vacances. Ils (elles) **sont** en vacances.

*« **avoir** des amis »*. J'**ai** des amis. Elle (il) **a** des amis. Elles (ils) **ont** des amis.

150 Nos amies les bêtes !

→ **Complète les bulles avec la conjugaison des verbes « être » et « avoir » pour découvrir ce que se disent les enfants.**

a | ont | suis | ai | sont | est

① Les garçons ...... une faim de loup.
② Je ...... frisée comme un mouton.
③ Quel froid ! J'...... la chair de poule.
④ Maya ...... gaie comme un pinson.
⑤ Malo et Léa ...... têtus comme des mules.
⑥ Paul ...... des fourmis dans les jambes.

151 Conjuguer en couleur

→ **Colorie en bleu les bulles contenant le verbe « être » et en rouge celles contenant le verbe « avoir ».**

La bicyclette

mémo

La **bicyclette** est un **véhicule** qui a deux roues, un guidon et des pédales. On l'appelle aussi « **vélo** ». Il faut utiliser la force de ses jambes pour la faire avancer, tenir le guidon pour se diriger, savoir rester en bon équilibre sans oublier d'être prudent et de respecter le code de la route.

152 Le passage du tour de France

→ **Lilou, Esteban, Laurent et Mélanie sont venus à bicyclette voir passer les coureurs du tour de France. Croise les mots dans la grille en t'aidant du dessin de la bicyclette.**

153 À bout de souffle

Je ne quitte jamais ta bicyclette. Les pneus me connaissent très bien car c'est moi qui les gonfle.
Je suis la _ _ M _ _ .

Comprendre un énoncé de problème

mémo

L'**énoncé** d'un problème, c'est une **histoire** que l'on raconte et qui se termine par une **question.** Quand on lit l'énoncé d'un problème, il faut :

- **repérer** les mots importants,
- **chercher** dans le dictionnaire les mots que l'on ne comprend pas,
- **faire le dessin** de l'histoire ou **voir les images** dans sa tête.

154 Le verger de Papounet

→ **Entoure le dessin correspondant à l'énoncé et recopie la question de l'énoncé.**

Dans le verger de Papounet, il y a 4 poiriers, 5 cerisiers et 6 pommiers. Combien y a-t-il d'arbres fruitiers en tout dans le verger ?

(A)

(B)

(C)

.... ?

Répondre aux questions d'un problème

mémo

Quand on a lu et compris l'énoncé d'un problème, il faut **répondre à la question** en faisant **des calculs.**

155 Cueillette des mirabelles

→ **Lis l'énoncé du problème. Aide-toi de l'image pour calculer puis entoure la bonne réponse.**

Margot et Tim ont cueilli des mirabelles qu'ils ont mises dans des paniers. Combien de mirabelles ont-ils cueillies en tout ?

Le coin pour les calculs

17 30 20

156 Bon appétit les oiseaux !

→ **Remets de l'ordre dans le problème. Identifie chaque partie du problème par la lettre qui lui correspond.**

A	Les oiseaux ont picoré 17 mirabelles.
B	Combien de mirabelles les oiseaux ont-ils picorées ?
C	Dans l'arbre, les oiseaux se régalent. La tourterelle a picoré 7 mirabelles, le moineau 6 et le rouge-gorge 4.

L'histoire ....

La question ....

La réponse ....

GRAND JEU

Le gardien de la mer

Relie les points de 20 à 39 et tu découvriras le gardien de la mer.

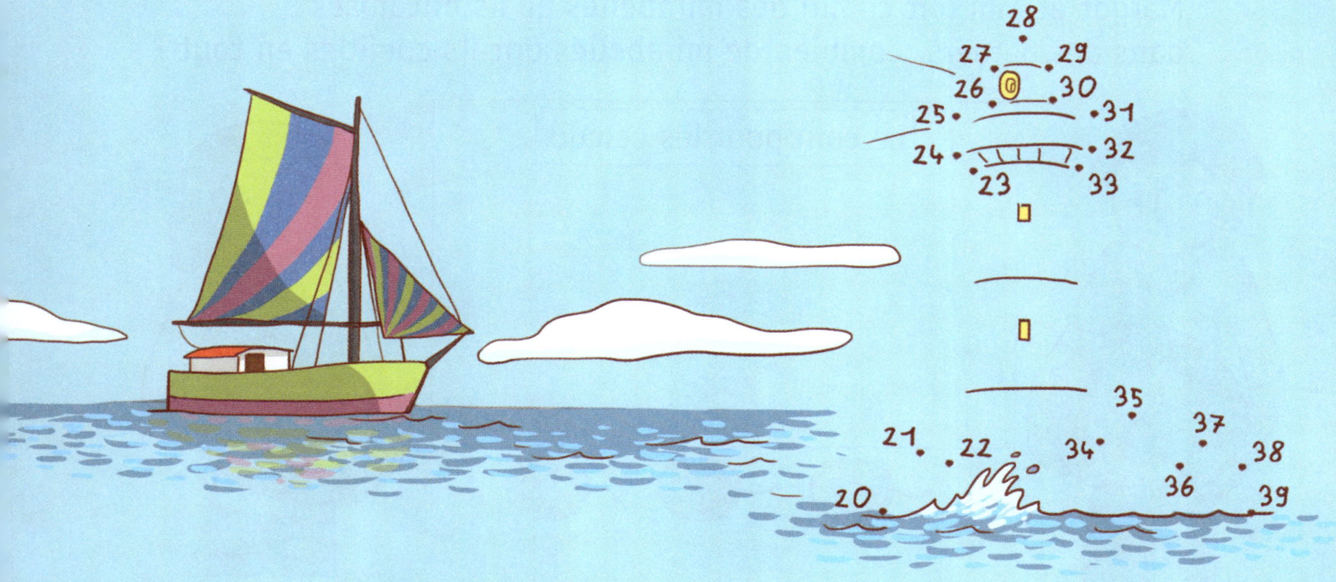

Bonne pêche !

Écris le nom des coquillages, crustacés et autres animaux rencontrés sur la plage dans cette grille en t'aidant des dessins.

		Q						
				I				
C				E				
							E	
B						E	A	U

DE LA MER

Ce n'est pas la saison !

Barre les 4 intrus qui se sont glissés dans l'image.

Une bouteille échouée

Lis le message en te servant du code.

Solutions

1 Français (p. 8)

	1			2				
	B			V				
3	A	U	T	O	C	A	R	
	T			I		4		
	E		5	T	R	A	I	N
	A			U		V		
	U			R		I		
				E		O		
						N		

2 Français (p. 8)

Je suis la lettre « T ».

3 Anglais (p. 9)

fille : « Hello! I am Cindy. »
garçon : « Hi! I am John. »

4 Anglais (p. 9)

Harry/Ashley

5 Maths (p. 10)

6 Maths (p. 10)

Manon C, Gabin D, Corentin A, Anaïs B.

7 Sciences (p. 11)

La vue 1
Le toucher 5
L'ouïe 2
L'odorat 4
Le goût 3

8 Sciences (p. 11)

Barrer jambon et nougat
Le jambon est le seul aliment salé de la liste.
Le nougat est le seul aliment sucré de la liste.

9 Maths (p. 12)

10 Maths (p. 12)

7	8	9	10
9	10	8	7
8	7	10	9
10	9	7	8

11 Le Temps (p. 13)

12 Maths (p. 14)

Solutions

13 *Français (p. 15)*

Rayan nage avec des palmes.

14 *Français (p. 15)*

Amélie écrit à sa MAMAN (méduse/algue/marin/ancre/nœud).

15 *Maths (p. 16)*

Il y a 3 dizaines d'étoiles dans le ciel.

16 *Maths (p. 16)*

L'enfant qui n'a que 9 ballons jaunes.

17 *Français (p. 17)*

un voilier/une pirogue/un canoë

18 *Français (p. 17)*

Une baleine bleue.
(balle/haie/nœud/bleu)

19 *L'espace (p. 18)*

Tom a envoyé un paysage de mer.
Lilas a envoyé un paysage de campagne.
Lola a envoyé un paysage de ville.
Léon a envoyé un paysage de montagne.

20 *Maths (p. 19)*

Clara, Mathis et Olivier passent leurs vacances à la montagne.

21 *Le Temps (p. 20)*

Anciens	Modernes
téléphone à cadran	téléphone portable
moulin à café manuel	moulin électrique
machine à écrire	ordinateur
phonographe	lecteur MP3

22 *Sciences (p. 21)*

23 *L'espace (p. 22)*

24 *L'espace (p. 22)*

Rue du chat qui dort
Place du marché
Square des lys

25 Maths (p. 23)

Louise, Natacha et leurs parents sont dans une montgolfière.

26 Français (p. 24)

6 juillet.
Chère maman, cher papa,
Ce matin, notre équipe est partie faire du canoë sur la rivière.
À midi, au pique-nique, je n'étais pas content parce que la monitrice avait oublié le ketchup.
Christelle et moi, nous avons cueilli des coquelicots.
La journée a été super !
Kim

27 Français (p. 24)

c : 3/ch : 1/qu : 3/k : 1.

28 Maths (p. 25)

29 Maths (p. 25)

12 < 20
7 < 8
1 < 14
15 < 16

30 Sciences (p. 26)

1 tête
2 épaule
3 coude
4 poignet
5 pied
6 jambe
7 genou
8 cheville

31 Maths (p. 27)

En haut de la colline, il y a un château.

Grand jeu de la campagne (p. 28-29)

Les 7 différences

Le labyrinthe de maïs

32 Français (p. 30)

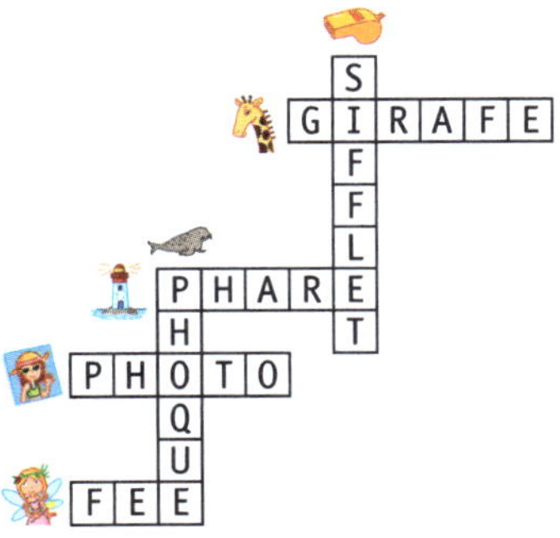

33 Français (p. 30)

Je suis le café.
Je suis l'alphabet.

34 Maths (p. 31)

80	81	82	83	84
85	86	87	88	89
90	91	92	93	94
95	96	97	98	99

35 Maths (p. 31)

Ce qui est à gagner est un vélo !

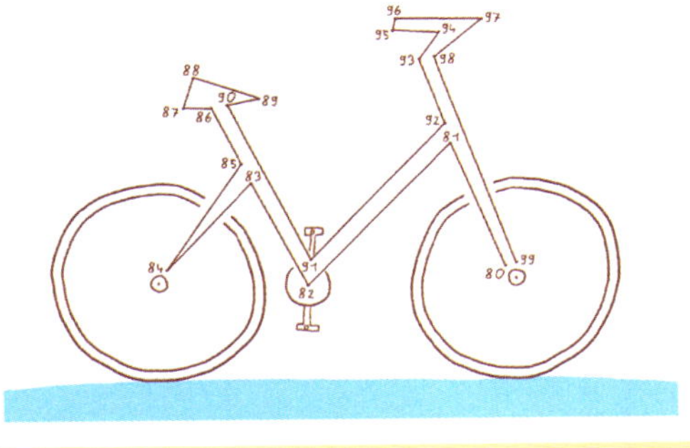

36 Sciences (p. 32)

37 Sciences (p. 32)

38 Français (p. 33)

L	E	Z	A	R	D
G	A	E	Z	E	S
Z	E	B	R	E	I
L	O	U	R	S	N
T	I	G	R	E	G
L	E	B	U	S	E

L'animal que photographie Sarah est une gazelle.

39 Français (p. 33)

Les intrus sont l'ours et le singe.

40 Français (p. 34)

Avec des œufs, un **fouet** et des carrés de ch**o**c**o**lat, Janel et Fantine préparent une délicieuse m**ou**sse.
Sam et Louis c**ou**pent des p**o**mmes pour faire une b**o**nne c**o**mp**o**te.

41 Français (p. 34)

Je suis la moule.
Je suis une coque.

42 Français (p. 35)

gr**o**s/crap**aud**/kil**o**/escarg**o**ts/flu**o**/moin**eau**x/**tau**pes/poir**eau**x/**tau**r**eau**x.
Titouan et Maud ont découvert une recette de sorcière !

43 Français (p. 35)

Mon tout est un numéro (nu/ mai/ rot).

44 Maths (p. 36)

Le magicien fait apparaître : 4 oiseaux, 2 lapins, 8 foulards, 10 balles et 6 fleurs.

45 Maths (p. 36)

Je suis le nombre 24.
Je suis le nombre 18.

46 Maths (p. 37)

				10					
				C					
6	T	R	O	I	S				
				N	2				
			8	Q	U	A	T	R	E
					N				

47 Maths (p. 37)

Il doit pêcher 6 canards.

48 L'espace (p. 38)

				4							
				A		3				5	
				V		V				T	
1	H	E	L	I	C	O	P	T	E	R	E
				O		I		6		A	
				N		T		M		I	
						U		O		N	
						R		T			
	2	P	A	Q	U	E	B	O	T		

49 L'espace (p. 38)

50 L'espace (p. 39)

51 L'espace (p. 39)

52 Anglais (p. 40)

			T	W	O
			H		N
F	O	U	R		E
I			E		
V			E		
E					

53 Anglais (p. 40)

54 Français (p. 41)

Solutions

55 *Français (p. 41)*

Mots intrus : • feuille • bataille • fille.

56 *Maths (p. 42)*

57 *Maths (p. 43)*

58 *Maths (p. 43)*

16							
11	5						
10	1	3	2				
4	6	1	0	2	1	1	1

59 *L'espace (p. 44)*

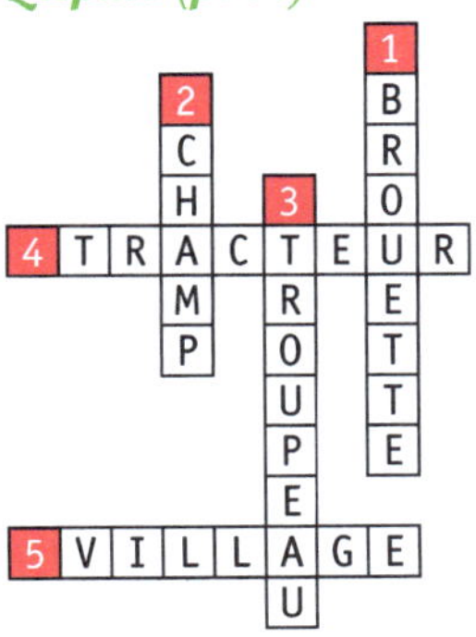

60 *Français (p. 45)*

61 *Français (p. 45)*

guêpe (1) - hérisson (2) – chèvre (3) – âne (4) – flûte (5) – vipère (6) – caïman (7) - rêve (8)

62 *Français (p. 46)*

Natacha est dans un voilier.

63 *Français (p. 46)*

Martin dit :
« On a volé ma bicyclette. »

64 *Français (p. 47)*

1 Baptiste
2 Côme
3 Étienne
4 Fantine
5 Kylian
6 Noémie
7 Sarah
8 Zoé

65 *Français (p. 47)*

Je suis la lettre E.
Je suis la lettre S.
Je suis la lettre K.
Je suis la lettre M.

Grand jeu du musée (p. 48-49)

Le portrait
A4/B3/C1/D2

La bonne ombre

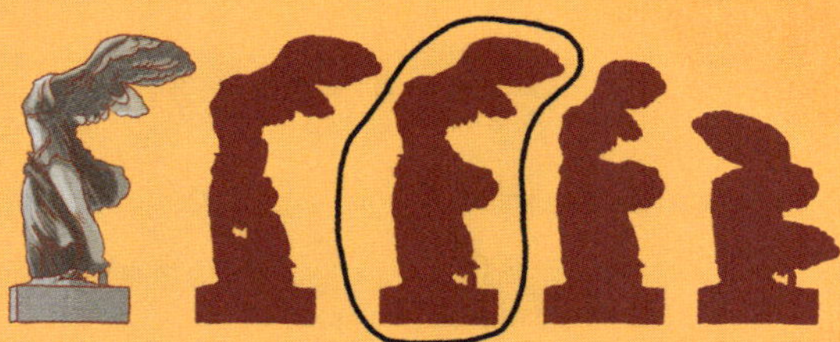

Bravo le peintre !

66 Maths (p. 50)

	Partie 1	Partie 2	Total
Benjamin	10	7	17
Magali	3	5	8
Florian	5	8	13
Mahina	7	2	9

67 Maths (p. 50)

7	8	3
2	6	10
9	4	5

68 Français (p. 51)

Le clapier est l'endroit où dort le lapin.
L'écurie est le bâtiment où dort le cheval.
L'étable est le bâtiment où dort la vache.
Le poulailler est l'endroit où dort la poule.

69 Français (p. 51)

Je suis le veau.
Je suis le poussin.
Je suis le poulain.
Je suis le porcelet.

70 Maths (p. 52)

1	2	3	4
5	6	7	8
9	10	11	12
13	14	15	16
17	18	19	20

71 Maths (p. 52)

0 1 **2** 3 **4** 5 **6** 7 **8** 9 **10**

72 Maths (p. 53)

36 – 23 = 13	une raquette de badminton
28 – 6 = 22	une corde à sauter
49 – 9 = 40	un ours en peluche
38 – 21 = 17	une casquette

73 Maths (p. 53)

20	+	8	=	28
+		+		+
10	+	2	=	12
=		=		=
30	+	10	=	40

74 L'espace (p. 54)

Solutions

75 L'espace (p. 54)

- ours blanc – albatros – manchot – ~~gazelle~~ – baleine

La gazelle n'est pas un animal des pays froids.

- zèbre – ~~phoque~~ – panthère – lion – girafe

Le phoque n'est pas un animal des pays chauds.

76 Maths (p. 55)

77 Le temps (p. 56)

Il fallait écrire mars, avril, juin, septembre et décembre.

78 Le temps (p. 56)

À vérifier par un adulte.

79 Français (p. 57)

T	O	M	A	T	E
E	S	I	A	R	F
S	M	E	L	O	N
E	N	U	R	P	U
R	M	U	R	E	C
E	E	H	C	E	P

Les fruits sont cuits dans du sucre.

80 Français (p. 57)

FLEUR
COULEUR
ANIMAL

81 Français (p. 58)

A/6 ; B/2 ; C/1 ; D/4 ; E/3 ; F/5

82 Français (p. 58)

Il fallait colorier de la même couleur les paires suivantes : avancer-reculer/fermer-ouvrir/entrer-sortir.

83 Maths (p. 59)

Mia est déguisée en fée.

84 Maths (p. 60)

1) Maxime ; 2) Clémentine ; 3) Hugo ; 4) Laura

85 Maths (p. 60)

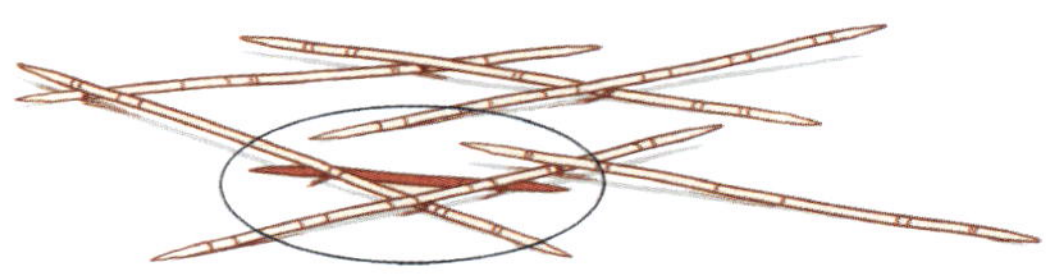

86 Français (p. 61)

1) saucisson
2) salade
3) cassis
4) pastèque
5) poisson

87 Français (p. 61)

C	H	A	N	S	**O**	N	
C	O	**U**	S	S	**I**	N	
E	S	C	A	R	G	O	T
T	**A**	S	S	**E**			

88 Français (p. 62)

4) sucette
2) balançoire
3) caleçon
1) cygne

Solutions

89 Français (p. 62)

- ~~chien~~ – ciel – prince – limace – cerise
- maçon – façade – ~~caniche~~ – leçon – ça
- cigale – glaçon – cinéma – rhinocéros – ~~boisson~~

90 Anglais (p. 63)

91 Français (p. 64)

G	U	I	D	O	N
B	O	U	L	B	O
E	G	A	R	A	G
E	U	D	O	G	A
G	I	U	E	U	R
F	I	G	U	E	D

Le chien des voisins est un bouledogue.

92 Français (p. 64)

C'est un ouragan. (houx / rat / gant)

93 Français (p. 65)

1) rouge-gorge
2) pigeon
3) giroflée
4) mésange
5) mangeoire

94 Français (p. 65)

Je suis ton genou.
Je suis la bougie.
Je suis un géant.

95 Maths (p. 66)

Fraises : 2 kg / farine : 1 kg / rôti : 850 g / beurre : 250 g.

96 Maths (p. 66)

Fraises : 2 kg / beurre : 250 g.

97 Français (p. 67)

P	O	U	P	E	E
L	I	A	I	R	E
U	E	A	E	I	U
I	D	E	N	T	O
E	G	N	E	E	B

Léon observe une araignée.

98 Français (p. 67)

Il fallait colorier de la même couleur les couples suivants :
loup/louve lapin/lapine
porc/truie renard/renarde.

Grand jeu de la forêt (p. 68-69)

Chat perché !
Nicolas est perché dans sa cabane.

Minuscules

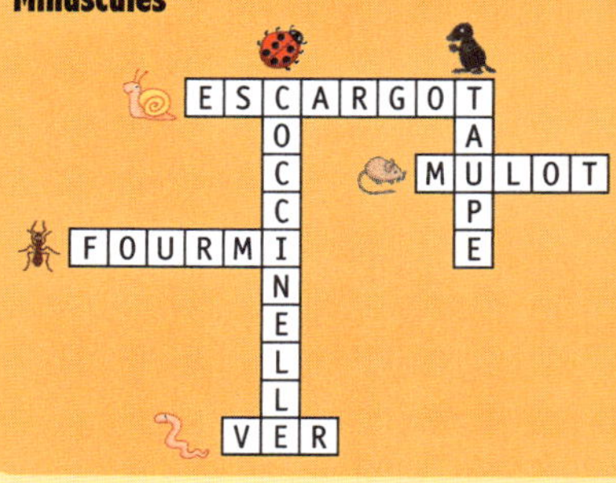

Solutions

D'un battement d'ailes

Chacun chez soi !

99 Français (p. 70)

Chambre des parents
Chambre des jumeaux
Chambre des amis

100 Français (p. 70)

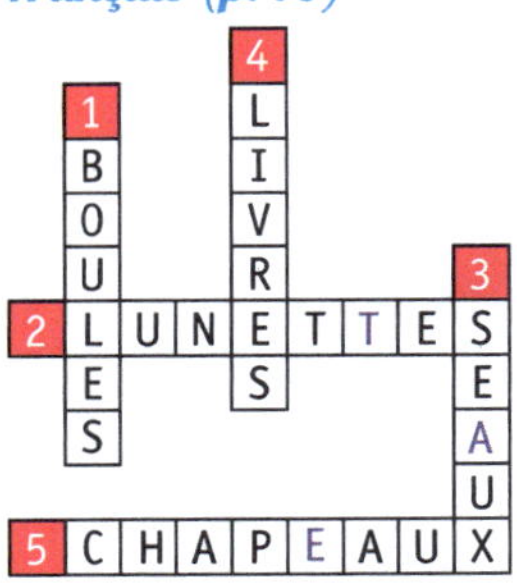

101 Français (p. 71)

Mes cousines nagent dans la piscine.
Antoine joue au badminton sur la plage.
Les mouettes volent au-dessus du bateau.
Les garçons pêchent.
Lucie n'avait pas de parapluie ! (pas / rat / pluie)

102 Maths (p. 72)

2 x 2 = 4. L'auteur des tableaux 2 et 4 est DEGAS.
3 x 2 = 6. L'auteur des tableaux 3 et 6 est VAN GOGH.
5 x 2 = 10. L'auteur des tableaux 5 et 10 est RENOIR.
9 x 2 = 18. L'auteur des tableaux 9 et 18 est SEURAT.

103 Maths (p. 73)

Sophia a acheté un livre : 10 € + 1 € + 1 € + 2 € (14 €).
Clément a acheté un crayon : 2 € + 2 € + 2 € + 1 € + 1 € (8 €).
Élodie a acheté un T-shirt : 20 € + 1 € + 2 € (23 €).

104 Français (p. 74)

canne / cane
renne / reine
pin / pain

105 Français (p. 74)

Je suis la mer.
Je suis leur mère.
Je suis le maire.

106 Français (p. 75)

pluie fine / douce brise / bonne journée.

107 Français (p. 75)

- Baignade interdite. Danger !
- Mer agitée. Baignade autorisée mais prudence !
- Mer calme. Baignade autorisée.

108 Anglais (p. 76)

T-shirt — cake — steak
sandwich — chewing-gum
short — hamburger — hot-dog

Solutions

109 *Anglais* (p. 76)

T-shirt / short

110 *Français* (p. 77)

Venez applaudir les chiens savants, les fauves féroces mais très obéissants et tous les numéros magnifiques du cirque Marius.

111 *Français* (p. 78)

La phrase qui contient le plus de mots est la numéro 1.
La phrase qui ne se termine pas par un point est la numéro 4.
La phrase qui ne veut rien dire est la numéro 2.

112 *Français* (p. 78)

Le tamanoir est un animal qui se régale de fourmis.
(tas / mât / noir).

113 *Maths* (p. 79)

Dimanche 12 juillet

Lever	**7 h 30**
Petit déjeuner	8 h
Départ pour la visite des grottes	9 h 30
Déjeuner	**13 h**
Départ pour la plage	15 h
Dîner	19 h
Douche	20 h 30
Coucher	**21 h 30**

114 *Français* (p. 80)

		T	R	O	M	P	E	T	T	E
		H	A	R	P	E				
				G	U	I	T	A	R	E
			T	U	B	A				
F	L	Û	T	E						

115 *Français* (p. 80)

l'accordéon/le piano/la batterie

116 *Maths* (p. 81)

Les personnages de contes qu'il fallait entourer sont :
- la princesse enfermée dans son donjon
- Ali Baba dans la grotte
- Blanche-Neige dans son cercueil de cristal

117 *Maths* (p. 81)

118 *Français* (p. 82)

Éléonore (ailes / haie / eau / nord)
Félix (fée / lit / x)
Leïla (lait / i / la)
Raphaël (rat / fa / ailes).

119 *Français* (p. 82)

Harry vient d'Australie (os / tra / lit).

120 *Maths* (p. 83)

Triangles : 4
Carrés : 1
Rectangles : 7

121 *Maths* (p. 83)

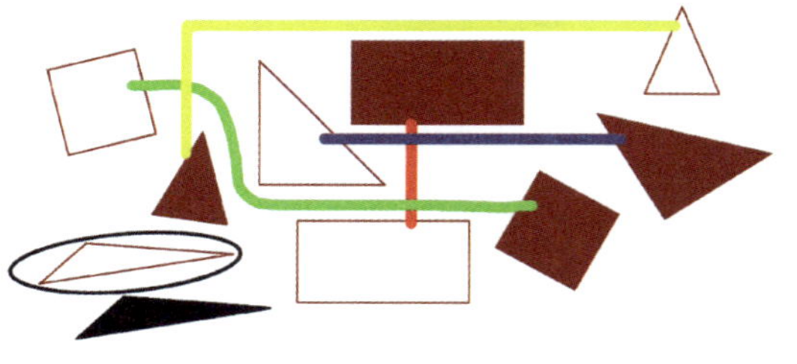

122 *Français* (p. 84)

C'est l'escargot qui a croqué la salade.

123 *Français* (p. 84)

~~plante~~ – ~~cheval~~ – **cadeau** – ~~auto~~ – ~~image~~ – ~~char~~ – ~~montagne~~ – ~~lampe~~
~~chou~~ – ~~haricot~~ – ~~salade~~ – ~~courgette~~ – ~~tomate~~ – **betterave** – ~~oignon~~ – ~~poireau~~

124 *Maths (p. 85)*

125 *Maths (p. 86)*

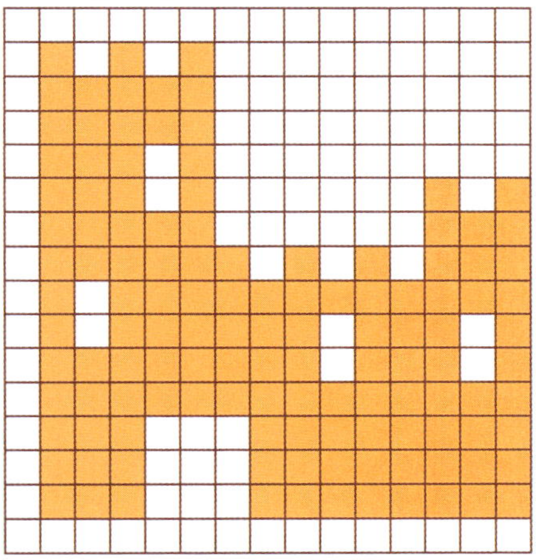

126 *Français (p. 87)*

des vache**s** ; un coq ; des arbre**s** ; des tente**s** ; des chien**s** ; une caravane.

127 *Français (p. 87)*

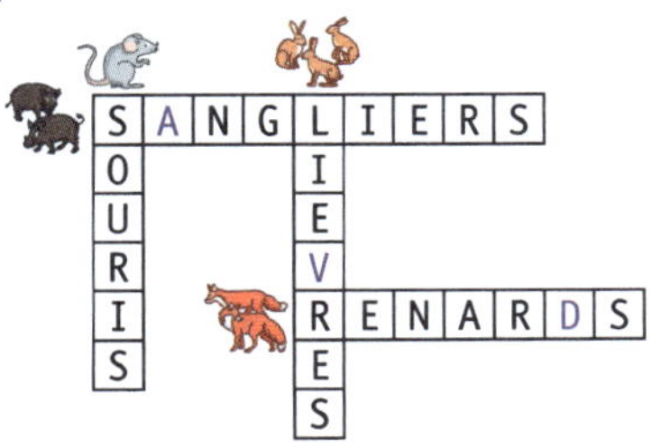

Grand jeu de la montagne (p. 88-89)

Qui craint le grand méchant loup ?

Les as-tu croisés ?

Jusqu'au sommet

Il faut prendre le téléphérique !

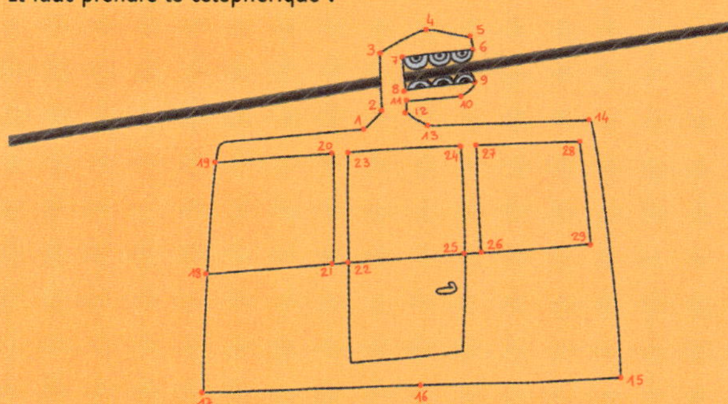

Rébus

C'est un chalet (chat / lait).

128 *Maths (p. 90)*

129 Sciences (p. 91)

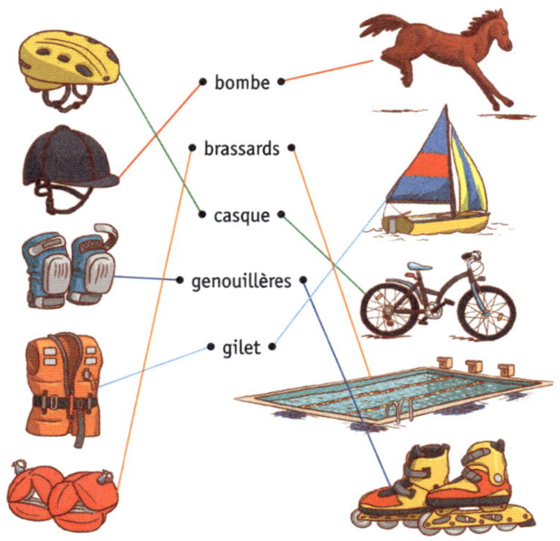

136 Maths (p. 95)

130 Sciences (p. 92)

À vérifier par un adulte.

131 Sciences (p. 92)

Estelle / Cyrielle / Flavie.

137 Anglais (p. 96)

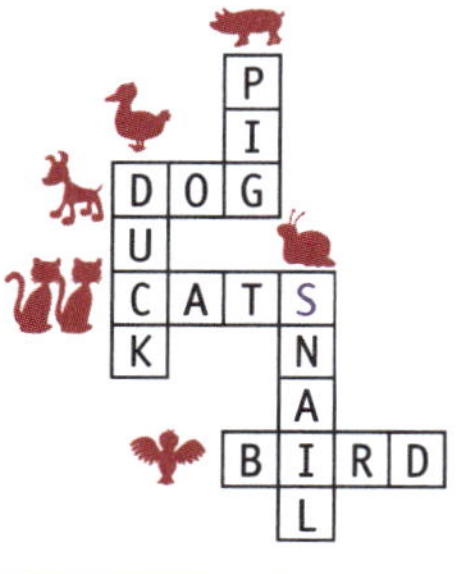

132 Français (p. 93)

Le portrait de la personne recherchée est le portrait 5.

133 Français (p. 93)

Un poisson rouge – des gâteaux sucrés – les flèches pointues.

138 Anglais (p. 96)

Une souris se dit « mouse » en anglais. (mât / housse)

134 Français (p. 94)

Noé **regarde** dans ses jumelles.
Rémi **dort** tranquillement.
Jules **lit** son livre.
Aurélie **nage** dans l'eau.
Léo **pêche** des poissons.

139 Maths (p. 97)

135 Français (p. 94)

Le cheval hennit. La vache meugle. L'éléphant barrit. Le tigre feule. La poule caquette.

Solutions

140 *Maths (p. 98)*

La pièce intruse est la 3.

141 *Anglais (p. 99)*

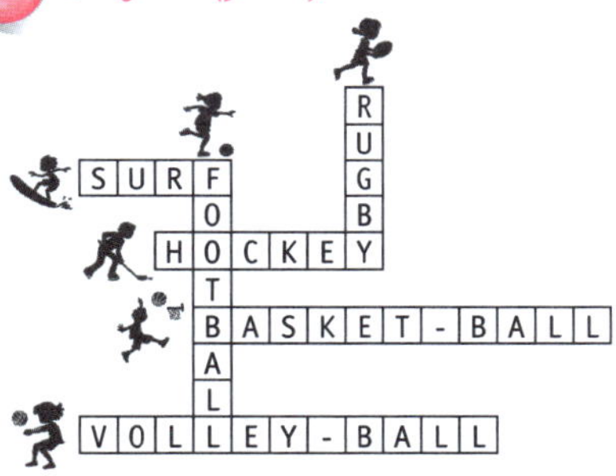

142 *L'espace (p. 100)*

143 *Maths (p. 101)*

A/4 ; B/1 ; C/3 ; D/2 ; E/6 ; F/5.
Mounia est allée en Égypte.

144 *Sciences (p. 102)*

145 *Français (p. 103)*

Mélanger la farine, le sucre, les œufs et l'huile.
Ajouter le lait et l'eau.
Chauffer la poêle en la graissant avec un gros morceau de beurre.
Verser une petite louche de pâte.
Cuire à feu bien chaud en retournant la crêpe.
Servir chaud en étalant de la bonne confiture de myrtilles.

146 *Français (p. 103)*

Marius demande du miel (mi / aile).

Solutions

147 Maths (p. 104)

148 Français (p. 105)

Coucou Tonton,
je suis à la montagne chez Yvette et Richard. Ils sont très gentils. Il fait beau et j'ai un peu bronzé. Nous sommes allés ramasser des myrtilles. Est-ce que tu passes aussi de bonnes vacances ? Gros bisous.

149 Français (p. 105)

JE	TU	IL	ELLES
IL	ELLES	JE	TU
TU	JE	ELLES	IL
ELLES	IL	TU	JE

150 Français (p. 106)

1) Les garçons ont une faim de loup.
2) Je suis frisée comme un mouton.
3) Quel froid ! J'ai la chair de poule.
4) Maya est gaie comme un pinson.
5) Malo et Léa sont têtus comme des mules.
6) Paul a des fourmis dans les jambes.

151 Français (p. 106)

Les bulles 1, 3 et 6 contiennent le verbe « avoir ».
Les bulles 2, 4 et 5 contiennent le verbe « être ».

152 Sciences (p. 107)

					1		2
					G		P
					U		N
	3	C	H	A	I	N	E
			4		D		U
			S		O		
5	F	R	E	I	N		
			L				
			L				
			E				

153 Sciences (p. 107)

Je suis la pompe.

154 Maths (p. 108)

Le verger de Papounet est celui de l'image C.
Combien y a-t-il d'arbres fruitiers en tout dans le verger ?

155 *Maths (p. 109)*

Margot et Tim ont cueilli 30 mirabelles en tout.

156 *Maths (p. 109)*

L'histoire : C.
La question : B.
La réponse : A.

Grand jeu de la mer (p. 110-111)

Le gardien de la mer

Bonne pêche !

C	O	Q	U	E				
O	U	R	S	I	N			
C	O	U	T	E	A	U		
C	R	E	V	E	T	T	E	
B	I	G	O	R	N	E	A	U

Ce n'est pas la saison !

Une bouteille échouée

Le message dit :
« Je t'attends sur mon île.
La sirène »

Table des matières

Français

Maths

Le temps

L'espace

Sciences

Anglais

Grands jeux

Achevé d'imprimer par Imprimerie IPS à Pacy-sur-Eure – France
Dépôt légal 08641 8 / 01 – Mars 2022